HORA do
MEDO

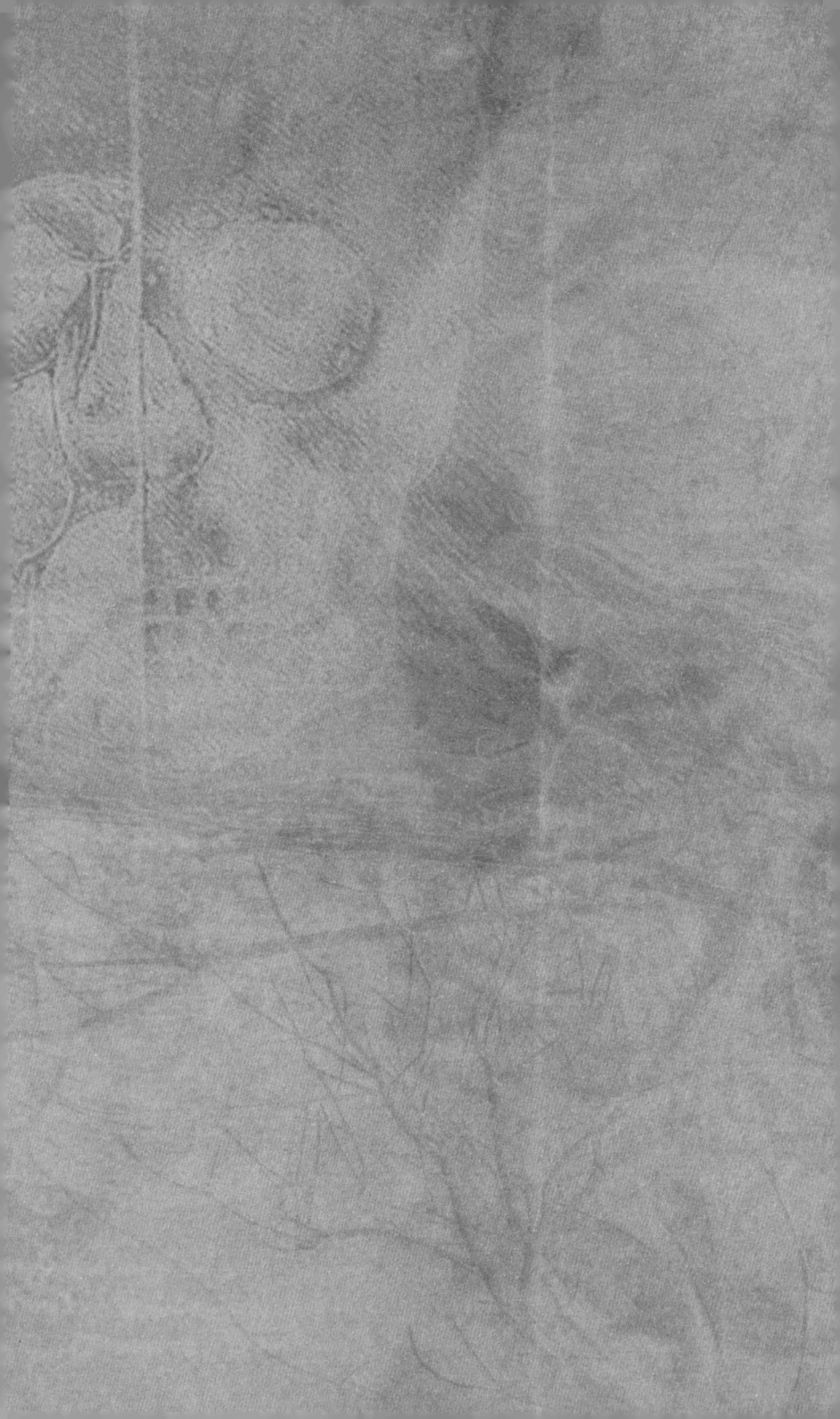

HORA do MEDO

Ivan Jaf

Manuel Filho

Rosana Rios

Shirley Souza

Frankenstein
e outros mortos-vivos

Este livro segue as normas do novo
ACORDO ORTOGRÁFICO

Ilustrações de Natália Matteoni

PANDA BOOKS

© Ivan Jaf, Manuel Filho, Rosana Rios e Shirley Souza

Diretor editorial
Marcelo Duarte

Diretora comercial
Patty Pachas

Diretora de projetos especiais
Tatiana Fulas

Coordenadora editorial
Vanessa Sayuri Sawada

Assistentes editoriais
Lucas Santiago Vilela
Mayara dos Santos Freitas

Assistentes de arte
Alex Yamaki
Daniel Argento

Concepção e coordenação da coleção
Carmen Lucia Campos
Shirley Souza

Projeto gráfico e diagramação
Shiquita Bacana Editorial

Preparação
Liliana Pedroso

Revisão
Rita Narciso Kawamata

Impressão
Corprint

CIP – BRASIL. CATALOGAÇÃO NA PUBLICAÇÃO
SINDICATO NACIONAL DOS EDITORES DE LIVROS, RJ

Frankenstein e outros mortos-vivos/ Ivan Jaf... [et al.]; ilustrações Natália Matteoni. – 1. ed. São Paulo: Panda Books, 2013. 104 pp. il. (Hora do Medo; 1)

ISBN: 978-85-7888-297-6

1. Ficção fantástica. 2. Literatura infantojuvenil brasileira. I. Jaf, Ivan, 1957-. II. Matteoni, Natália. III. Série.

13-03589   CDD: 028.5
                  CDU: 087.5

2013
Todos os direitos reservados à Panda Books.
Um selo da Editora Original Ltda.
Rua Henrique Schaumann, 286, cj. 41
05413-010 – São Paulo – SP
Tel./Fax: (11) 3088-8444
edoriginal@pandabooks.com.br
www.pandabooks.com.br
twitter.com/pandabooks
Visite também nossa página no Facebook.

Nenhuma parte desta publicação poderá ser reproduzida por qualquer meio ou forma sem a prévia autorização da Editora Original Ltda. A violação dos direitos autorais é crime estabelecido na Lei nº 9.610/98 e punido pelo artigo 184 do Código Penal.

Sumário

7. Mortos-vivos e o medo ao longo do tempo

Ivan Jaf

11. A solidão gelada

23. O Produtor

Manuel Filho

35. O enforcado

45. O porão do desespero

Rosana Rios

57. A guitarra

69. A caverna do troll

Shirley Souza

81. Conto de fadas

93. Eu posso senti-lo

mortos-vivos
e o medo ao longo do tempo

O que existe além da morte? Morrer é o fim de tudo? Essas perguntas sempre despertaram o interesse dos humanos e as mais diversas religiões trazem suas versões para explicar esse destino. Ligadas a essa busca, as muitas culturas do mundo criaram mitos e lendas sobre mortos que voltam à vida.

Narrativas nórdicas, em um passado remoto, descreviam a formação de um exército de mortos que exterminaria os vivos em uma batalha que acabaria com o mundo, o Ragnarök.

Durante a Idade Média, na Europa, uma crença comum era a de que bruxas e necromantes eram capazes de ressuscitar os mortos. Também acreditava-se que os fantasmas inquietos retornavam constantemente aos lugares em que ocorreram assassinatos, e os fantasmas ordinários se materializavam como espectros por não poderem descansar em paz. Para a sociedade medieval certos mortos podiam retornar com seus corpos para visitar os vivos.

Na literatura, o morto-vivo apareceu primeiro na clássica história de Mary Shelley, *Frankenstein ou o Prometeu moderno*, de 1818. Em 1862, Gustavo Adolfo Bécquer escreveu *El Miserere*, em que monges esqueléticos regressavam de suas tumbas. Edgar Allan Poe criou diversos contos sobre mortos ressuscitados, pessoas enterradas vivas e fantasmas. H. P. Lovecraft também escreveu textos nos quais mortos voltavam à vida.

Porém nenhum desses mortos-vivos se caracterizava como o popular zumbi de nossos dias.

Na mitologia árabe os *ghouls* são descritos como seres errantes que se alimentam de carne de humanos vivos ou mortos. Algo bem semelhante ao que fazem os atuais zumbis, mas os *ghouls* são seres demoníacos, não mortos-vivos.

A ideia do zumbi que conhecemos tem sua origem em uma religião afro-caribenha. A palavra quer dizer "morto que se ergue da sepultura", é um cadáver animado que pode ser preenchido por outros espíritos que não o seu original.

Os zumbis ganharam o mundo quando chegaram ao cinema, nas décadas de 1930 e 1940. Filmes como *White zombie* (1932) e *I walked with a zombie* (1943) introduziam os zumbis como objetos de horror, mas destacavam vilões humanos. Os mortos-vivos tinham um papel secundário.

Porém, de lá para cá, os mortos-vivos só fizeram aumentar sua complexidade e sua participação no imaginário dos vivos, conquistando espaço na literatura, no cinema e nas séries de TV.

Sejam clássicos ou inovadores, os mortos-vivos podem apavorar os humanos e lembrá-los das incertezas da morte. Talvez aí resida a força desses seres míticos.

Em *Frankenstein e outros mortos-vivos* você encontrará oito contos, de quatro autores contemporâneos, nos quais esses seres desempenham o papel principal. A clássica história do doutor Frankenstein é recontada e colocada ao lado de outras narrativas de terror e suspense, que foram especialmente criadas para esta coletânea temática.

Nos contos que você lerá neste livro, os mortos-vivos se revelam de diferentes formas, possuem as mais variadas origens, mas, em comum, têm a capacidade de nos atemorizar e nos fazer pensar sobre o que é ou não possível.

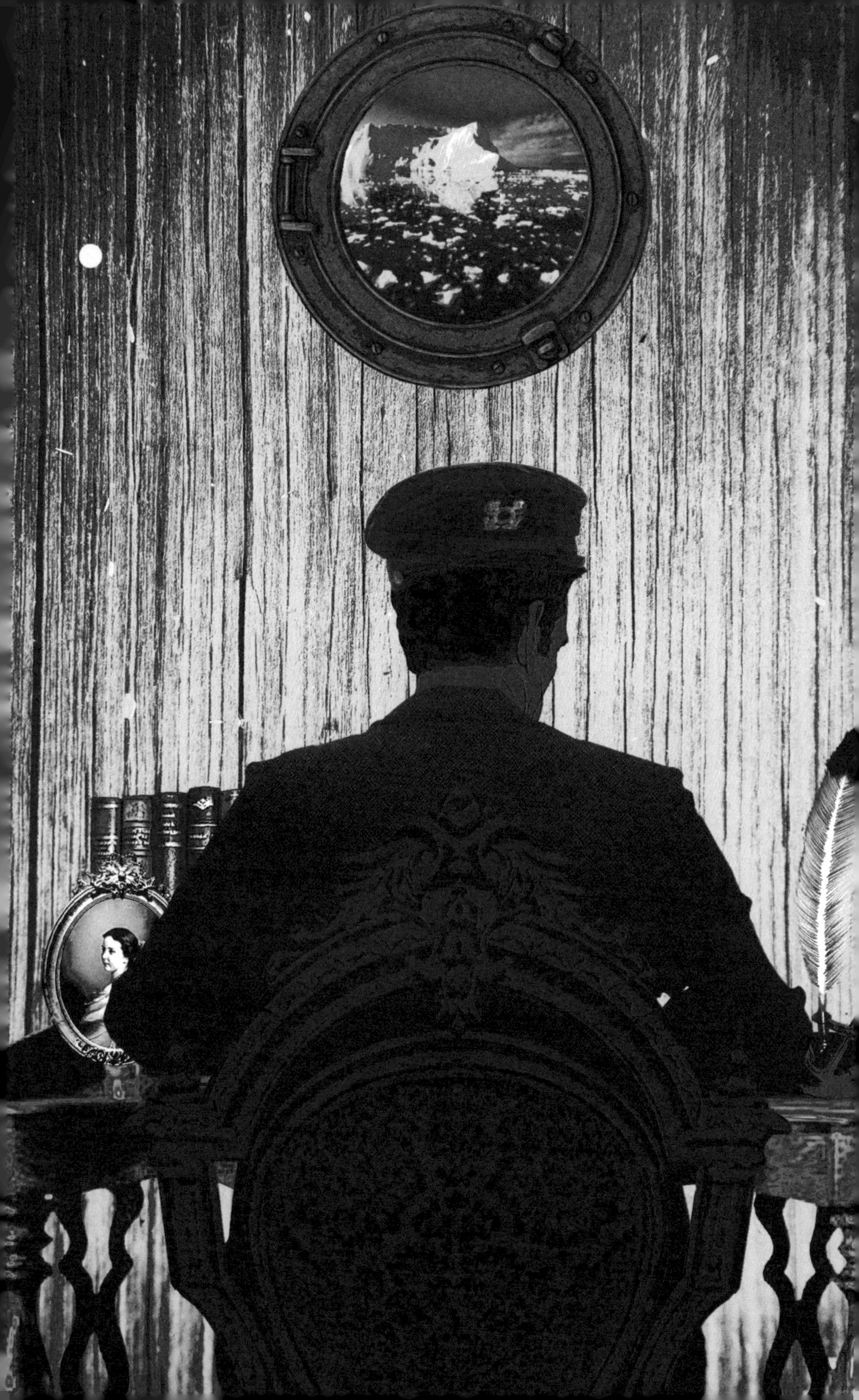

Ivan Jaf

A solidão gelada

*À senhora de Saville,
5 de janeiro de 1784.*

Querida irmã, esta talvez seja a última carta que lhe escrevo.

Estou no Polo Norte. Refiz minha primeira aventura. Aquela cujo encontro com o doutor Victor Frankenstein relatei para você em uma longa carta, há cinco anos. Novamente vim a este lugar, que ainda guarda vastíssimas regiões jamais pisadas por pés humanos, e cuja misteriosa força atrai as agulhas das bússolas por todo o planeta. Meu navio está rodeado pelo gelo, com espaço apenas para flutuar, incapaz de seguir adiante ou recuar, e como estamos em pleno inverno creio que não teremos chance alguma de escapar. Mas não é por isso que temo pela minha vida. Neste momento escrevo trancado em meu camarote. A tripulação amotinada me prendeu aqui e está reunida no convés, decidindo minha sorte. Não tenho esperanças. Cometi um crime e os arrastei para a morte. A qualquer momento entrarão por aquela porta com a notícia da minha execução.

Nesta hora extrema, um homem procura amparo na família. Não fiz uma família. Não casei. Não tive filhos. Nossos pais faleceram há muito tempo. Não posso dizer nem ao menos que tive um amigo. Só possuo você, Margaret, e não quero morrer nessa solidão gelada sem me confessar. Pode acontecer que alguém encontre este navio fantasma no futuro, veja esta carta e a faça chegar até o destinatário.

Vou relembrá-la, muito resumidamente, de meu encontro com o doutor Victor Frankenstein, para que você entenda por que vim aqui de novo. Meu navio estava preso no gelo, como agora, e ele chegou em um trenó puxado por cães, quase moribundo. Passou muitos dias entre a vida e a morte. Nesse período, narrou sua história, aquela que transcrevi a você.

Victor era natural de Genebra, filho de aristocratas suíços. Na juventude interessou-se por ciências ocultas e alquimistas como Paracelso e Cornelius Agrippa. Mais tarde, em uma universidade da Alemanha, passou a estudar a fundo as ciências naturais e os mistérios da criação. Acabou descobrindo o segredo de fazer órgãos mortos retornarem à vida, através da eletricidade e do magnetismo, e, por fim, depois de trancar-se dois anos em um laboratório secreto, criou, a partir de cadáveres, um ser humano enorme e monstruoso, cuja forma grotesca assustou até seu criador. Victor fugiu para a sua terra natal.

Abandonado, o monstro saiu pelo mundo e foi maltratado em todos os lugares por onde passou, embora a princípio tivesse uma alma boa e caridosa. Sua aparência repulsiva o fez ser rejeitado e agredido pela sociedade, e ele conheceu a solidão absoluta. Partiu então em busca de seu criador e lhe fez um pedido: que Victor lhe construísse uma mulher. Com uma companheira ele poderia se afastar da humanidade. Victor negou-se, horrorizado. Não quis ser o responsável por uma raça de monstros. A criatura então começou uma série de vinganças extremamente cruéis, matando o melhor amigo e a esposa de Victor. Este, jurando destruir o ser que ele mesmo criara, passou a persegui-lo por todo o planeta, até que o encontrou aqui, no Polo Norte. Uma fenda no gelo afastou os dois inimigos instantes antes da batalha final. Victor veio a dar com seu trenó nos costados de meu navio. O monstro afastou-se pela vasta e branca planície e desapareceu na bruma gelada.

Foi nesse momento que o vi, através da luneta. Ele virou-se na direção do navio e, por um breve instante, cruzou o olhar com o meu... e nunca mais fui o mesmo, Margaret!

Eu o compreendi.

Não devo chamá-lo de monstro. Seu criador nem ao menos lhe deu um nome. Tratava-o por "demônio". Vou chamá-lo de Frankenstein. Este afinal é seu nome de família, já que é "filho" de Victor.

Vi nos olhos de Frankenstein a mesma solidão desesperada que vejo em mim todas as manhãs, diante do espelho. A solidão cósmica. O desamparo total. Conheço bem a angústia de um coração solitário e sei reconhecer uma alma que sofre desse mal como eu.

Naquele instante, apesar de sua aparência assustadora, tive por Frankenstein uma enorme empatia, que só aumentou ao ouvir o relato de Victor. O criador deve ser responsável pela felicidade de sua criatura. Para que a pôs no mundo? Frankenstein foi rejeitado pelo pai e pela humanidade inteira. Ele só queria bondade e caridade. Foi escorraçado por todos, e só por causa de sua aparência. Aquilo me pareceu uma injustiça que precisava ser reparada.

Essa injustiça tornou-se ainda mais gritante quando Victor se recusou a dar-lhe uma companheira. Frankenstein queria deixar o convívio dos homens, mas não sozinho. Um pedido natural e sensato. O próprio Deus não fez esse gesto a Adão? Victor cometeu um erro ao negar isso a ele. A culpa de toda a tragédia foi do criador, não do ser criado. Oh, Margaret, você já deve estar imaginando o que se passava então na cabeça deste seu irmão.

Pois bem, quando afinal Victor morreu e precisamos preparar o corpo para lançá-lo ao mar, com todas as honras, descobri, no forro de seu sobretudo, o diário dos quatro meses anteriores à criação de Frankenstein, em que Victor descrevia, passo a passo, sua realização!

Você me conhece bem. Nada apazigua tanto a minha alma quanto um propósito bem definido. Sabe como sou obstinado quando tomo uma resolução. Tenho um coração determinado, a que nada pode deter. Fui poeta na mocidade, lembra? A poesia aguçou minha sensibilidade. Bastou-me aquele único olhar através da luneta para compreender profundamente a alma de Frankenstein e decidir reparar o erro da humanidade. Resolvi fazer, eu mesmo, uma fêmea para ele.

Instalei-me num pequeno porto na costa da Sibéria Oriental, de onde os ventos do sul me reconduziriam facilmente ao Polo Norte, e lá montei meu laboratório, seguindo as anotações de Victor.

Meus planos não eram um disparate. Você sabe que, além dos estudos que me levaram a capitão, estudei medicina, cirurgia e ciências naturais para me tornar um bom explorador e atingir regiões ainda desconhecidas. Além disso, no diário havia uma lista de livros de física, química, fisiologia e anatomia, ou seja, tudo sobre a estrutura do ser humano. Havia ainda um pequeno mas completo tratado sobre a circulação do sangue e as consequências da morte nos órgãos, assim como sua decomposição. Os primeiros dois anos passei estudando-os. Por fim, como Victor, fui capaz de reanimar a matéria!

Preciso entrar em detalhes, querida irmã. Perdoe-me, mas não quero morrer com isso guardado na alma. O processo... Deus me proteja... eu precisava de cadáveres frescos.

A morte não atinge todos os órgãos ao mesmo tempo. Ela começa por um deles e se propaga aos outros. Logo após a morte, e muitas vezes até num espaço de horas, muitos órgãos ainda estão aptos para a vida.

Contratei dois indivíduos da pior espécie. Eu ia a enterros. Procurava mulheres jovens e bonitas. Os dois malfeitores as desenterravam e levavam ao meu laboratório na calada da noite. Lá eu efetuava o desmembramento e armazenava os órgãos aproveitáveis num aparelho onde o sangue permanecia circulando. Era um quebra-cabeça. Quando obtinha os órgãos suficientes para "montar" determinada região do corpo, unia veias, ossos, fibras e músculos, e a mantinha viva. E assim, em dois anos, acredite, fiz uma mulher inteira. E linda! Ouso pensar que, ao selecionar as partes, construí a mulher dos meus sonhos.

Você pode imaginar como uma atividade dessas me isolou ainda mais das pessoas. Mas tudo o que fiz, repito, foi para reparar uma injustiça cometida pela humanidade, por isso levo a consciência tranquila.

Havia um problema. Lembra do relato de Victor? Frankenstein pedira uma mulher igual a ele, monstruosa, para que ela não o rejeitasse. Mas eu tinha feito uma mulher belíssima. Então, com o coração despedaçado, eu a fiz cega. Cuidei também para que fosse insensível ao frio, para que pudesse viver ao lado de Frankenstein no Polo Norte.

Quanto ao temor de Victor, de que seria o pai de uma geração de monstros, resolvi a questão facilmente não colocando útero. Eu a batizei de Charlotte. É o nome da paixão não correspondida do protagonista do livro *Os sofrimentos do jovem Werther*, de Goethe. Frankenstein leu esse livro, e identificou-se com Werther. A vida deixa de ter sentido sem alguém para amar.

Daí em diante, voltei a ser o capitão Walton. Justifiquei a presença da minha criatura na pequena aldeia portuária siberiana como sendo a de uma sobrinha de Genebra que viera morar comigo depois da morte dos pais.

Ao contrário de Victor, dei carinho e amparo a Charlotte, e ensinei-lhe tudo, desde línguas até piano.

Um ano depois, aluguei um navio, contratei tripulação e parti para mais uma expedição ao Polo Norte.

É claro que uma mulher a bordo, a única, e lindíssima, seria fonte permanente de desavenças. Era justamente com isso que eu contava. Ia disposto a trocar minha vida pela dela.

Vou poupá-la dos percalços da viagem, cara irmã. Há sempre muito perigo quando se explora águas desconhecidas. Vamos sem o auxílio de mapas e cartas de navegação. Eu já singrara aqueles mares e não me foi difícil, em um mês, atingir quase o mesmo ponto em que, cinco anos antes, encontrara Victor e sua criatura. Como eu previa, o vento sul nos empurrou facilmente polo adentro, sendo a maior dificuldade desviar dos grandes e erráticos pedaços de gelo que flutuavam à nossa volta. Porém isso tampouco representou problema, porque fui, quase continuamente, na coberta, vigiando, olho grudado na luneta... não tanto para avistar a tempo os icebergs, e sim rezando para encontrar Frankenstein.

O problema surgiu, como eu já esperava, entre a tripulação. Uma coisa é contratar marinheiros para rotas conhecidas, outra, muito diferente, é achar homens dispostos a arriscar a vida em viagens exploratórias. Para estas, só se conseguem a escória dos portos, os tipos suspeitos, alcoólatras e até malfeitores fugitivos da lei, em sua imensa maioria homens rudes, sem cultura e duros de sentimentos. Como querer que gente assim tenha os ideais elevados dos exploradores e cientistas? Mas para esta expedição, minha irmã, era justamente dessa espécie degenerada que eu precisava.

Contratei 11 deles. Dois me haviam acompanhado na primeira viagem ao Polo Norte.

Já no final da primeira semana os assédios começaram. Três marinheiros encharcados de vodca disseram gracejos ofensivos a Charlotte. Ela tinha o hábito de passar a tarde sentada no convés. O vento balançando seus longos cabelos louros, a cintura afinada e os seios, tornados ainda mais volumosos pelo corpete, as belas pernas que se adivinhavam por baixo da saia longa; tudo colaborava para enlouquecer os marujos abrutalhados.

Não puni os gracejos. Logo aconteceram outros. Por onde Charlotte andava ouviam-se assovios e palavras de baixo calão. Um dia apertaram seus seios no corredor que levava aos camarotes. Sua cegueira a impossibilitava de denunciar os agressores, e isso os estimulava.

Na terceira semana foi imprensada contra um dos mastros e beijada à força. Como aquilo não poderia ter sido feito sem testemunhas, concluí que os marinheiros estavam mancomunados, e que em breve aconteceria algo pior.

Eu me aproximava do exato lugar em que encontrara Victor na viagem anterior. O gelo já cercava o navio e em breve nos faria prisioneiros. Quis o destino que o que eu previa acontecesse justo então. À noite, os homens arrombaram o camarote de Charlotte.

Os dois celerados que já haviam viajado comigo estavam entre eles. E então eles viram. Viram o que antes sempre estivera encoberto pelas roupas. O horror. O horror!

O quebra-cabeça.

Dos seios para baixo, Charlotte era um aglomerado de partes costuradas, um amontoado de cicatrizes, um mosaico de peças de carne fixadas por queloides.

Recuaram, horrorizados. Os dois marinheiros da viagem anterior, que sabiam da horrível história de Victor, adivinharam tudo e contaram para os outros.

Invadiram meu camarote. Fui levado ao convés com uma faca no pescoço. Queriam matar a mim e a ela. Para eles eu era o diabo, o navio estava amaldiçoado, ela era uma morta-viva... e todas essas coisas que produzem as mentes primitivas e supersticiosas.

No entanto, fiz ver a eles que sem mim não saberiam como voltar. Só eu conhecia a maneira de sair dali. Teriam de negociar.

Os amotinados tiveram de admitir que eu tinha razão. Mas se recusavam a continuar a viagem levando aquela "aberração". Chamavam-na de "demônio" e "monstro", exatamente como haviam feito com o pobre Frankenstein. E Charlotte era a mais doce das criaturas, Margaret. Em sua curta existência, só havia praticado o bem. Porém eu não me iludia. Já contava com tudo isso. Era justamente para reparar o erro da humanidade que eu estava ali. Ai de nós! Por que nos vangloriamos de ter uma sensibilidade superior à dos animais? Isso nos torna ainda piores. Nossos impulsos não vêm apenas da fome, da sede e do desejo. Temos preconceitos. Somos maus.

Eu disse que se a matassem não os tiraria mais dali. Eles não admitiam que ela permanecesse a bordo. A resolução do impasse foi sugerida por mim. Que ela fosse desembarcada na planície gelada com um trenó, quatro de nossos melhores cães e suprimentos para três semanas. Eles concordaram, rindo-se da minha loucura. Deixar na vastidão do Polo Norte, afastada centenas de milhares de milhas de qualquer alma humana, uma mulher cega... aquilo era o mesmo que matá-la. E assim foi feito.

Charlotte ficou só, sobre a ponta do bloco de gelo cujas bordas se perdiam no infinito. Os cães, em liberdade depois de tanto tempo confinados nos porões do navio, desandaram a correr, sem rumo, e em pouco tempo ela sumiu nas brumas, como Frankenstein havia desaparecido cinco anos antes.

Os homens continuavam a caçoar de mim. Não podiam imaginar que haviam feito o que eu queria todo o tempo. Diga, minha querida irmã: que outra maneira teria eu de lançar uma jovem cega fora do navio, em pleno Polo Norte, sem que sobre mim caísse toda a ira da tripulação?

Assim que Charlotte desapareceu de nossas vistas, quem começou a gargalhar fui eu. Não parava de rir. Novamente encostaram uma faca em meu pescoço e me pediram explicações por mais aquele desatino. Eu então lhes disse a verdade: não há como sair desta prisão de gelo! Há cinco anos consegui escapar porque era setembro, os ventos mudaram de norte para sul, mas agora, no inverno, o gelo só irá aumentar, e o vento não mudará. Estamos condenados. E boa parte das provisões foram com Charlotte!

A tripulação está dividida. Uns querem a minha morte, outros acreditam que meus conhecimentos de navegação ainda podem salvá-los. E eu aqui, trancado, esperando minha sentença.

Tenho o coração e a consciência tranquilos, com a certeza de que os dois se encontrarão e viverão felizes. Há dois dias, pela luneta, avistei claramente as pegadas gigantes na neve, a leste. Em breve a senhora Charlotte Frankenstein estará junto ao seu marido. É uma pena que só as estrelas testemunharão isso.

Preciso encerrar esta carta. Já escuto passos no corredor. Afinal conhecerei o veredicto. Viverei ainda, ou estes são meus últimos momentos?

Oh, querida Margaret, lancei-me a uma vida de aventuras, pretendendo alargar com minhas expedições os horizontes da humanidade, mas um simples olhar daquele "monstro" solitário, perdido nas geleiras eternas do Polo Norte, me fez ver como mentia a mim mesmo. Minhas longas viagens não passavam de uma fuga, uma fuga de mim mesmo. Não queria admitir minha própria solidão, e acabei por reconhecê-la em Frankenstein. Agora que, a qualquer momento, a morte abrirá aquela porta, eu me pergunto: que diferença há entre a solidão absoluta e a morte?

Já rodam a maçaneta. Vamos ver o que decidiram.

Adeus, Margaret.

Do teu afetuoso irmão,

R. Walton.

Nota do Autor

O livro Frankenstein, escrito por Mary Shelley, é composto de quatro cartas do capitão R. Walton à sua irmã Margaret. A última delas é bastante longa, ocupa praticamente todo o volume, e traz o relato do doutor Frankenstein em seu leito de morte, que procuro resumir no conto. Imaginei uma quinta carta, escrita cinco anos depois, no mesmo lugar em que o capitão revela ter realizado o desejo do "monstro" e criado uma fêmea para ele. A ideia surgiu ao ler, no começo do capítulo XV, que o "monstro" soube de sua gênese ao ter acesso a um diário do doutor, em que este descrevia minuciosamente cada passo dado para a realização de sua obra. E se o capitão Walton também tivesse acesso a esse diário? Gosto de pensar que todo o meu conto é consequência dos segundos em que dois olhares solitários se cruzaram, através de uma luneta, na vastidão branca de uma planície gelada.

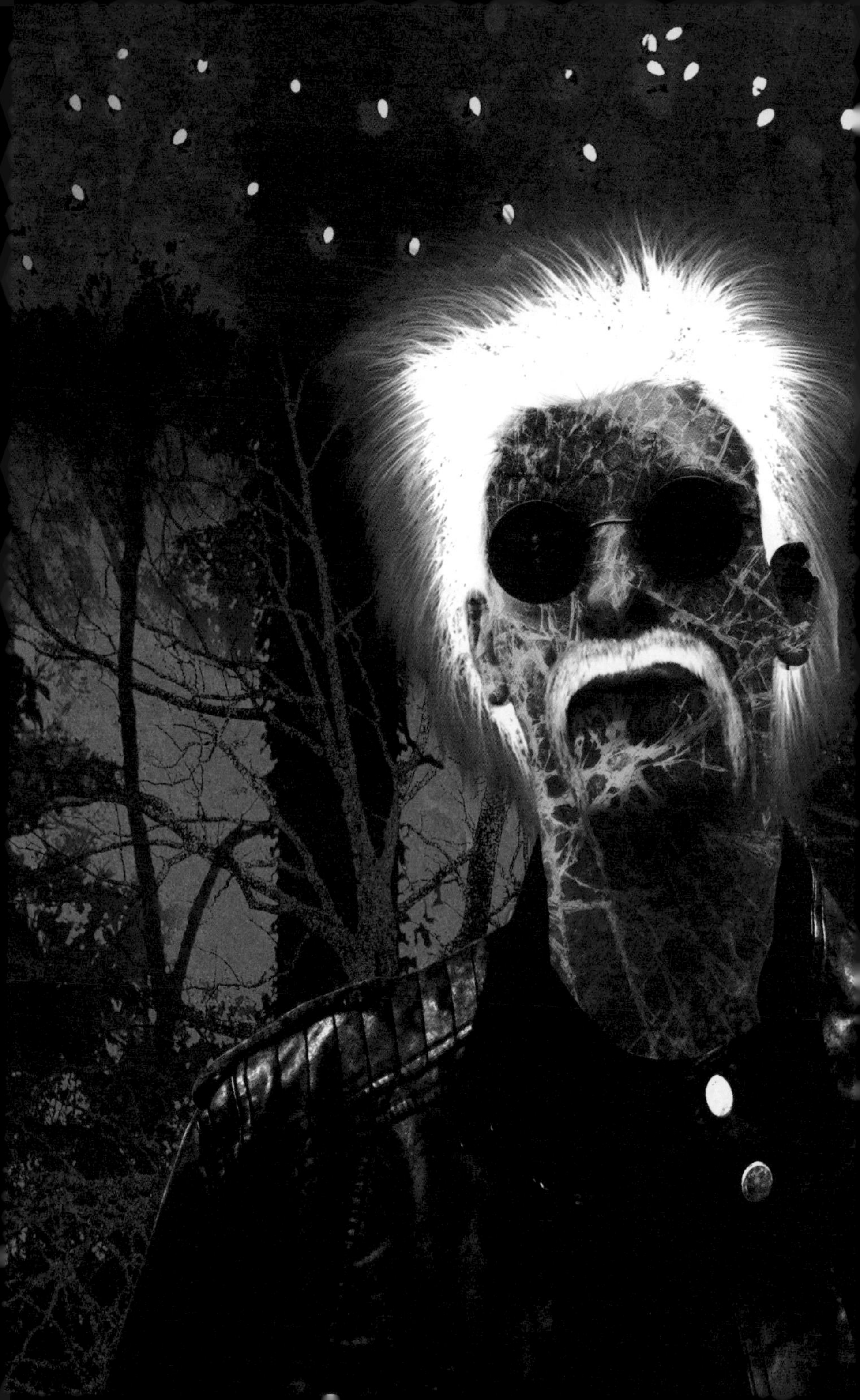

Ivan Jaf

O Produtor

A mensagem chegou pelo Twitter. A festa era para comemorar os trinta anos do disco "Thriller", do Michael Jackson. Festa à fantasia. Traje: zumbi, claro. Gabriel estava mal com a namorada. No último encontro começaram discutindo sobre fazer ou não faculdade e acabaram descobrindo que pensavam completamente diferente sobre o futuro e a vida. Ele desenhava quadrinhos, queria ser artista, criar personagens, conflitos, sonhos. Ela gostava de matemática, pretendia levar uma vida acadêmica, se formar, fazer pós-graduação, mestrado, doutorado, pós-doutorado, pós-pós-pós-doutorado, e tudo o mais que inventassem para provar aos outros que entendia mesmo do assunto.

O nome dela era Dulce. Uma menina linda, com a mesma idade que ele.

– Tá maluco? Você acha que eu vou sair de casa fantasiada de zumbi?

Ele não desistiu. Que mal pode haver em se divertir? Iam de táxi. Ninguém veria. Ela acabou concordando. É claro que não o deixaria ir sozinho, como havia ameaçado.

Gabriel fez cortes numa calça velha. Uma camiseta branca ganhou buracos imitando tiros, com contornos queimados com isqueiro. Dulce fez rasgos no vestido de debutante da irmã mais velha e o respingou todo com guache vermelho. Para terem a aparência de recém-saídos do túmulo, esfregaram terra. Enfaixaram o pescoço e a cabeça com gaze banhada em mercurocromo e Gabriel criou cicatrizes perfeitas com silicone.

Dulce deu o braço a torcer. Estavam se divertindo.

O táxi os pegou na portaria do edifício e deixou em frente ao grande portão de uma mansão, no bairro do Alto da Boa Vista, no Rio de Janeiro. Um casarão no centro de um terreno muito grande, cercado pela Floresta da Tijuca. Compraram o ingresso e entraram.

É quase meia-noite
Alguma coisa diabólica está te espreitando no escuro
Sob a luz da lua
Você tem uma visão que quase para teu coração

Gabriel traduziu para ela os primeiros versos de "Thriller", que o DJ não parava de tocar. Ele sabia a letra de cor. Era um aficionado pela década de 1980, embora só tivesse nascido 15 anos depois que ela acabou. Os dois estavam sentados na grama do jardim da casa, e ele contava nos dedos:

— Olha quem fazia quadrinhos na época... o Angeli, o Glauco, o Laerte... Tinha uma revista chamada *Chiclete com Banana*... Eu tenho a coleção toda. Lembra do Bob Cuspe? E os *hippies* velhos Wood & Stock? Meu pai é a cara do Stock. Eu queria ter vivido nos anos 1980. Olha o que rolou... O *Sandman*, do Neil Gaiman... o *Batman*, do Frank Miller... e o *Watchmen*, do Alan Moore! Foram as melhores HQs de todos os tempos!

Para Dulce, era como se um marciano muito entusiasmado estivesse tentando se comunicar com ela. Não fazia a menor ideia do que ele estava falando. Quanto mais Gabriel se empolgava, mais ela ficava de saco cheio.

– Você não tá sentindo um cheiro de carne queimada? – ela cortou.

– De repente vai rolar um churrasco – ele disse.

Havia vários grupos sentados perto deles. Pelos janelões da casa podiam ver a pista de dança fervendo com os sucessos do Michael Jackson. Ela levantou e disse que precisava ir ao banheiro.

Gabriel continuou sentado na grama, olhando para os outros zumbis, e então descobriu de onde vinha o cheiro de carne queimada. Um sujeito mais velho, de cabelos brancos, estava de olhos fechados, também sentado ali, na grama, curtindo a música, sem se tocar de que alguém jogara uma guimba de cigarro aceso no chão e ela tinha ido parar em cima da sua mão direita. O cara devia estar muito doido, porque a brasa já tinha aberto um buraco fumegante entre o polegar e o indicador, e ele não tava nem aí.

Gabriel precisou cutucar o ombro dele três vezes para tirá-lo do transe e avisar que sua mão estava queimando. O sujeito olhou, ficou olhando, e só um minuto depois sacudiu a mão e disse:

– Valeu, cara.

Uma figuraça. Um personagem. Eram malucos assim que inspiravam Angeli na década de 1980. Devia ter uns cinquenta anos. Uma relíquia sequelada. Os cabelos brancos espetados e o bigode comprido caído sobre a boca, como uma lacraia morta, pareciam ter luz própria. Usava óculos escuros de aros redondos, estilo John Lennon. Vestia uma jaqueta de couro, jeans e camiseta, e tinha os pés enfiados em botas de pele de cobra de pontas tão finas que poderiam matar uma barata onde quer que ela se enfiasse. Naturalmente, tudo isso estava com a aparência que tinha acabado de sair da cova. Era uma fantasia perfeita. Havia sangue coagulado por toda parte, pedaços de pele encaroçada, os dentes davam a impressão de estar do lado de fora da boca, as mãos estavam cobertas de verrugas nojentas e todo ele parecia ter tomado uma ducha de terra. Mas o truque mais incrível era tão impressionante que Gabriel não resistiu:

– Como você fez isso?

– Isso o quê?

– Essas larvas aí.

Pequenas larvas rosadas entravam e saíam por entre os cabelos e o bigode. Uma delas entrou na orelha esquerda, viu o que havia lá dentro e saiu, parecendo não ter gostado nem um pouco.

O homem tirou uma delas e comeu.

Gabriel riu:

– Você precisa me ensinar isso!

– Você não ia querer aprender.

– Como é o teu nome?

– O pessoal me chama de Produtor. Era o que eu fazia na década de 1980. Eu produzia. Shows. Rock. Pauleira.

– Década de 1980?! Eu tava falando com a minha namorada... Sou fissurado... Você *viveu* na década de 1980!?

— É o verbo certo no tempo certo, cara. Nasci em 62. Quando esse disco "Thriller" saiu, eu tinha vinte anos. Era 1982. Ano mágico aquele: 1982. Foi quando o futuro bateu na porta, sacou? E eu abri a porta pra ele. Abri legal. Vou só lembrar quatro coisas que aconteceram em 1982, pra você ter uma ideia: E.T. – O Extraterrestre... Blade Runner... o videogame Atari 2600... e os CDs. Janelas pra imaginação, cara.

Gabriel não estava acreditando! Os deuses dos quadrinhos tinham mandado pra ele uma testemunha ocular da década de 1980. Ia desenhá-lo. Inspirar-se nele. Marcar entrevistas. Fazer uma *graphic novel* sobre ele, o personagem principal, o Produtor. A ideia estava vindo toda na sua cabeça!

Alguma coisa diabólica está te espreitando no escuro

Viu Dulce perto de uma das janelas, conversando com duas amigas zumbis. Os dois se olharam e acenaram. Gabriel queria se concentrar na figura a seu lado.

— "Thriller" é desse ano, né? – perguntou, como quem dá linha na pipa.

— É. Faz trinta anos. Quem diria... 1982! Magia pura. LP. Sabe o que é? Um discão preto, de quase dois palmos, de vinil, com um buraco no meio.

— Meu pai ainda tem uns.

— "Thriller" vendeu 110 milhões de LPs, cara. Revolucionou a indústria fonográfica e provou que um músico negro podia ser o rei do pop internacional. O maluco entrou na casa de todo mundo dançando e cantando. É isso aí.

— E teve o *clip*.

— Ah, o *clip*, meu irmão! A MTV tinha nascido um ano antes. Era uma coisinha pequena. Aí o *clip* do "Thriller" arrebentou. Foi ele que transformou a MTV numa potência, tá sabendo?

Ninguém tinha feito nada parecido antes. O doido do Michael gastou meio milhão de dólares pra fazer aquela piração de zumbis. O troço não saía da TV, dia e noite. Eu devo ter assistido um bilhão de vezes. Em 1982, garoto. É isso aí. As portas da percepção se abriram. E eu escancarei, irmão. Pode apostar.

Produtor parou de falar e voltou ao transe, ouvindo a música, olhos fechados, balançando a cabeça lentamente, farelos de terra escorrendo de suas roupas.

É quase meia-noite
Alguma coisa diabólica está te espreitando no escuro
Sob a luz da lua

Dulce acenou novamente e Gabriel foi até ela. Ela o apresentou às amigas.

– Aquele sujeito é incrível – ele disse. – Surreal. Ele *viveu* tudo isso *aqui*. De verdade! Tava me contando. Tinha vinte anos nos anos 1980. Vou pegar o telefone dele, marcar um papo. Lembra que eu te falei que precisava encontrar um personagem? Encontrei!

– Cê tá falando de quem?

– Do cara com quem eu tô conversando. Ali.

Mas, quando se virou, o Produtor não estava mais lá.

– Aquele que estava do meu lado. O cheiro de carne queimada era uma guimba acesa na mão dele. O pirado nem sentiu. Dei um toque, aí ficamos de papo.

– Você não tava conversando com ninguém. Tava lá, sozinho, o tempo todo, sentado na grama.

– Você não viu.

– É claro que não vi. Não tinha ninguém.

– Não tinha mesmo – confirmou uma das amigas. – Quem foi o garçom que te serviu? Quero conhecer ele.

As três ficaram zoando e ele desistiu de falar no Produtor. Livrou-se delas e começou a procurá-lo pela festa.

Ele não estava em lugar nenhum. Gabriel chegou a cruzar pelo meio da pista duas vezes, talvez o maluco estivesse dançando. Entrou nos banheiros, deu voltas nos jardins. Não podia perder aquele contato, o sujeito era tudo o que ele precisava pra se inspirar. Sua cabeça fervilhava de projetos... De repente, andando no meio de um amontoado de gente sentada no gramado em volta da piscina, pisou sem querer na mão de alguém... e era justamente ele! O Produtor.

– Desculpe. Foi mal.

– Tudo bem.

– Eu tava te procurando. Sou desenhista de quadrinhos. Quero fazer um álbum sobre a década de 1980. Você caiu do céu.

– Na verdade eu nem subi. Aí, vou dar um rolê. Na saída a gente marca alguma parada.

Levantou e foi embora.

Gabriel sentou e sua mente foi invadida por uma HQ completa. Os quadrinhos se sucediam nas páginas de sua imaginação, um a um, já na sequência. Uma história irada, com zumbis, *hippies*, um militar ditador idiota, uma guerrilheira gostosona, muita ação, baladas, LPs, o E.T., uma apresentadora da MTV que na verdade era uma alienígena, um complô da CIA para dominar o Brasil, e o herói, o Produtor, salvando todo o pessoal do bem no último minuto... E foi aí que notou. No lugar onde pisara a mão do maluco. Um dedo.

Um polegar cinza arroxeado. A pele ressecada tinha se quebrado como linguiça bem frita. A unha, marrom, cheia de terra. Dava pra ver a pontinha branca do osso.

Gabriel sorriu. O sujeito era cheio de truques. Dulce apareceu.
— Você tá aí? Tô te procurando há um tempão.

Gabriel não queria mais falar sobre o Produtor e enfiou o dedo no bolso, de qualquer maneira. Ele estava tão seco e quebradiço que se transformou em um monte de fragmentos nojentos, que foram logo sacudidos para fora. Dulce estava feliz e queria até dançar. Foram pra pista e se acabaram. Até que Gabriel ficou preocupado. O Produtor não podia ir embora sem deixar o telefone! Disse que precisava ir ao banheiro e foi atrás dele.

Procurou de novo, por toda parte, até que o viu entrando na floresta que começava nos fundos da casa. Foi atrás dele. Logo o luar e o silêncio substituíram as luzes e o barulho da festa. O Produtor caminhava rápido, uns dez passos à frente, às vezes sumindo atrás de um tronco, reaparecendo adiante.

Começou a ver outros vultos e a ouvir passos em toda a volta, folhas secas amassadas, gravetos quebrados. Um homem, sem a metade da cabeça, levando na mão esquerda o braço direito arrancado, passou por ele. Uma mulher com o olho esquerdo pendurado para fora do rosto, preso pelos nervos, e uma imensa ferida putrefata no peito se arrastava entre as árvores. Uma menina sem cabelos, com o crânio aberto infestado de larvas, atravessou correndo. E vários outros, indo na mesma direção do Produtor, calados. Ninguém se importava com Gabriel, ali, no meio deles, mais um zumbi.

Pararam todos afinal numa clareira de terra cheia de buracos fundos. Devia ser um lugar secreto, onde a festa só rolava para alguns convidados especiais. Mas não havia som e ninguém falava. Só ficavam lá, parados, olhando para a lua. Era algum ritual. Então todos começaram a entrar nos buracos. Um deles apareceu com uma pá e foi cobrindo os outros de terra.

Era uma maluquice, mas Gabriel acabou curtindo. Entrou em um buraco e esperou sua vez. Imaginou que ficariam ali, enterrados, os nove zumbis, com a cabeça pra fora. Parecia divertido. Começou a achar a brincadeira pesada demais quando viu que as pessoas se agachavam no buraco e ficavam todas cobertas de terra. Devia haver algum truque para conseguir respirar, mas ele não sabia qual era e ia dizer que estava fora. Não teve tempo. Quando chegou a sua vez, o sujeito com a pá pisou em sua cabeça, empurrou-o pra baixo com força e jogou terra! Não conseguia levantar. Em poucos minutos foi soterrado. Não podia mexer os braços nem as pernas, nem abrir os olhos. Sua boca e nariz se encheram de terra. Tossiu, mas seu peito estava comprimido, pareceu implodir. Estava sufocando.

Por sorte os braços tinham ficado erguidos, na tentativa de tirar o pé do homem de sua cabeça, e Gabriel começou a mexer os dedos das mãos, esgaravatando para o alto, desesperado, forçando as pernas para cima, como se nadasse para chegar à superfície, demorando uma eternidade para abrir cada centímetro na terra ainda fofa, até seus dedos sentirem a umidade do ar. Continuou cavando para cima até que suas duas mãos saíram. Então começou a jogar terra para os lados, desesperadamente. Pegava bocados de terra e atirava longe, aliviando o peso por cima, enquanto forçava os joelhos para ficar de pé. Empurrava a terra com os cotovelos e os ombros. Conseguiu mexer a cabeça um pouco, para cima e para baixo, depois para os lados. Ia morrer asfixiado.

Pôs suas últimas forças nos joelhos, forçou para cima, num impulso desesperado... e sua cabeça pulou para fora, como um bebê na hora do parto. Encheu os pulmões, aterrorizado. Continuou cavando, jogando terra para todos os lados, até poder apoiar as mãos nas bordas e pular para fora.

Ao redor, os nove buracos, cobertos de terra. As pessoas estariam lá dentro? Impossível. Tinham armado aquela brincadeira pra ele. Ou não? Não ficou pra saber. Correu na direção da casa, das luzes, da música...

Alguma coisa diabólica está te espreitando no escuro
Sob a luz da lua

Tropeçou, bateu com a cabeça em um tronco e apagou.

Acordou em um dos quartos da casa. Ao seu lado, um médico, uma enfermeira e Dulce.

Explicou o que tinha acontecido e eles riram e balançaram a cabeça. Ninguém acreditou e, no final, Dulce ainda reclamou que eles tinham pagado o maior mico. O médico saiu comentando com a enfermeira que naquelas festas se via de tudo.

Não conseguiu convencer ninguém a ir até a clareira. A festa já havia acabado e os seguranças queriam ir embora.

Dois anos depois, a *graphic novel O Produtor* foi publicada e ganhou vários prêmios. Gabriel começou a receber encomendas de novos trabalhos e não parou mais.

Enquanto durou o namoro, Dulce continuou afirmando que não havia ninguém ao lado dele, no gramado, naquela noite, embora admitisse ter sentido cheiro de carne queimada.

Nasci no Rio de Janeiro, em 1957. Entre as décadas de 1970 e 1980 fui um *hippie* radical e andarilho, mas, em vez de fazer artesanato ou ioga, eu escrevia roteiros para histórias de terror em quadrinhos, para a extinta editora Vecchi.

Enquanto os amigos liam Yogananda e pregavam paz e amor, eu lia Edgar Allan Poe e criava terror.

Viajava com a mochila, o saco de dormir e a máquina de escrever portátil. Foi meu primeiro trabalho como escritor. Minha primeira grana vendendo fantasia.

De lá pra cá, foram mais de sessenta livros, peças de teatro e roteiros de cinema e HQ, sobre os assuntos mais diversos... Mas nunca esqueci a fauna da noite.

A lua também ilumina a alma humana. Tenho muito carinho por vampiros, lobisomens, frankensteins e todo o pessoal. Isso pode parecer estranho. Mas a vida não é estranha?

Ivan Jaf

© Marynete Martins

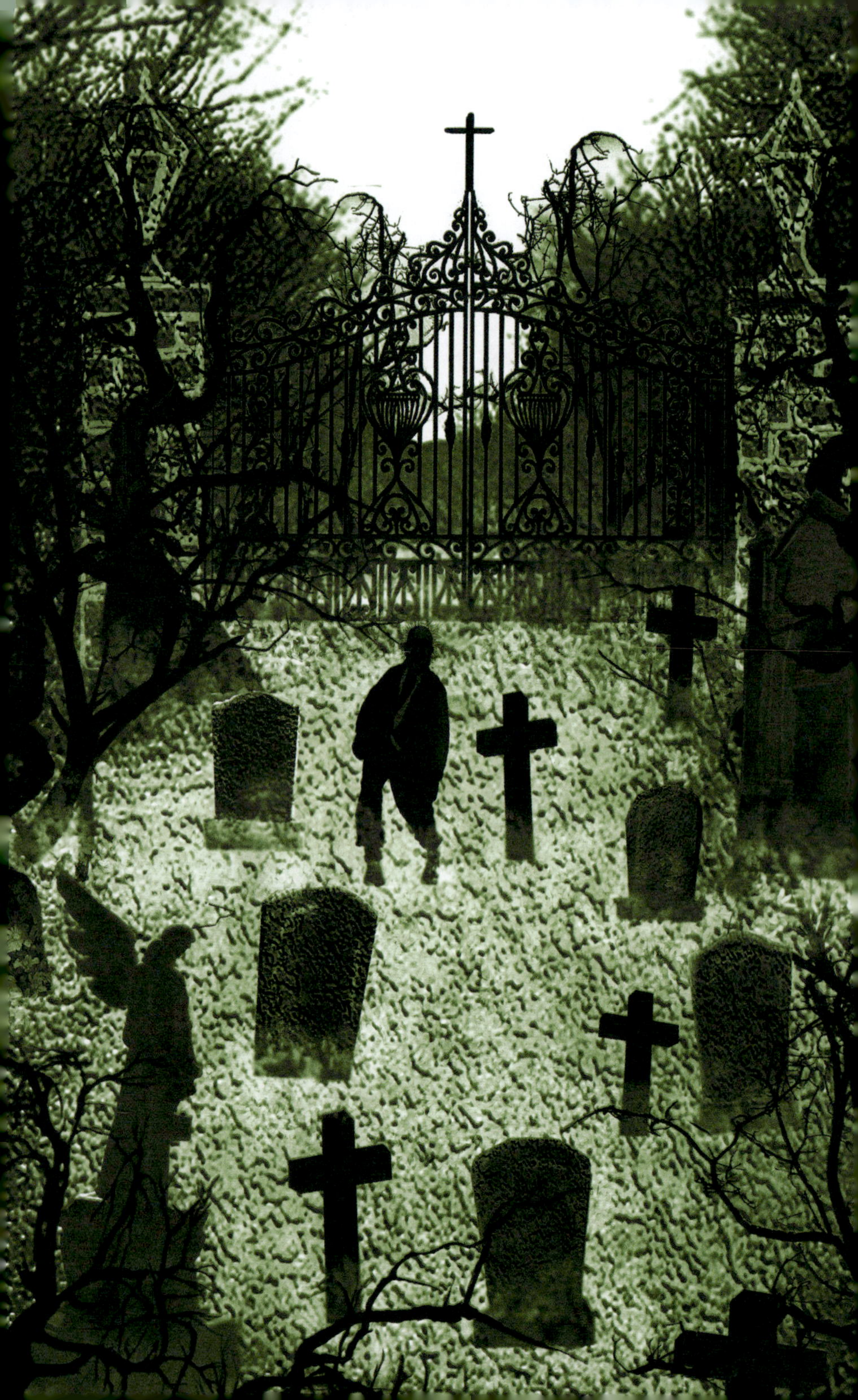

Manuel Filho

O enforcado

Bruna sentiu medo durante o velório de seu primo Adolfo. Ambos cresceram e viajaram juntos com os mesmos amigos. Era estranho vê-lo dentro de um caixão coberto por flores, pálido, em seus 35 anos. Sucedia-se o segundo velório de familiares em menos de dois anos, e ela pressentia, de alguma maneira, que algo pior ainda iria acontecer. O anterior havia sido de um tio, que Bruna só costumava ver em casamentos ou em velórios, ironicamente.

Várias viúvas atribuíram as mortes a uma velha maldição, ou melhor, à "maldição do enforcado". Bruna sempre fora cética em relação àquela história, embora muitos homens da família tivessem morrido jovens e sempre pelas mesmas causas: uma súbita e irremediável falta de ar, que logo paralisava os pulmões e o coração.

Foi triste quando fecharam a tampa do caixão, e ela compreendeu que nunca mais iria ver o sorriso dele.

– Mãe, vamos embora? – Bruna decidiu partir ao ouvir o pedido de seu filho. Não queria que a última lembrança de seu primo fosse a de seu corpo sendo coberto por terra. Despediu-se de seus pais e procurou pela saída. Era um cemitério tranquilo, apenas com placas no gramado que exibiam nomes e datas de nascimento e morte de quem estava enterrado. Então, de repente, seu filho falou:

– Mãe, olha que homem esquisito!

Bruna ia repreendê-lo dizendo algo como "isso não se fala", mas, quando avistou o homem, achou-o perturbador. Estava totalmente coberto, inclusive as mãos. Parecia vestir várias camadas de roupa, pois viam-se sobras de mangas, colarinhos e tecidos diversos que escapavam das calças e dos cintos. Era estranho, pois fazia forte calor. A única coisa que permanecia livre era a cabeça, com poucos cabelos desgrenhados.

Começou a pensar que se tratava de um fantasma, mas logo mudou de ideia, quando viu o homem caminhando. Ele mancava, mas não apenas de um pé. Parecia que todo o seu corpo estava bambo, como se fosse uma marionete e precisasse parar com frequência para recuperar o fôlego, como se lhe faltasse o ar.

Aquela imagem lhe despertou lembranças antigas e ela teve um calafrio. Rapidamente, partiu em seu carro.

Resolveu estacionar em um shopping para se distrair e deixar o menino se divertir um pouco. Na praça de alimentação, observando seu filho comer, histórias remotas de uma velha tia retornaram à sua cabeça:

– Que bom que você é mulher, Bruninha. Os homens que nascem nesta família estão todos amaldiçoados. Um condenado jurou se vingar, eternamente... Lá na Europa, onde nossa família vivia, meu tataravô era um senhor importante. As pessoas recorriam a ele para pedir conselhos e, principalmente, justiça. Havia alguém matando crianças pela região e, ao encontrarem um andarilho pela cidade, o prenderam como suspeito. O homem jurou inocência. De repente, passaram a afirmar tê-lo visto andando perto das crianças, dando presentes. Ninguém teve piedade. Nosso antepassado não hesitou: determinou que o homem fosse enforcado em praça pública, para todo mundo ver, mesmo sem provas. Julgou baseando-se apenas nos testemunhos, de qualquer maneira, só para encontrar um culpado.

Bruna se lembrava de que a tia, no Dia de Finados, acendia velas e implorava pelo perdão do enforcado. Os parentes achavam que ela enlouquecera por ter perdido todos os homens de sua vida: o pai e dois irmãos. Nunca se casou com medo de ter algum filho.

– Mãe – disse o menino de Bruna, novamente – acho que vi aquele cara esquisito de novo.

– Onde? – perguntou, assustada.

O garoto apontou para uma pessoa. Porém, tratava-se apenas de um jovem que usava um aparelho na perna para se locomover e vestia um enorme casaco.

– Pare com essas bobagens e termine de almoçar.

E era assim que a maioria da família considerava a história do enforcado: uma bobagem. O andarilho, quando conduzido à forca, gritou que se vingaria eternamente do homem que o condenara. Afirmou que jamais um descendente varão dele teria morte natural, que sofreriam assim como ele. Naquele exato momento, teria caído uma forte tempestade, como nunca vista antes, levando toda a população a se refugiar. O carrasco abriu o alçapão, fazendo com que o corpo do enforcado caísse e pendesse no ar. Em seguida, também se refugiou. Quando a tempestade passou, voltaram para recolher o corpo do enforcado, mas ele havia desaparecido.

– Depois que isso aconteceu – dizia a tia –, muitos moradores do vilarejo começaram a morrer com falta de ar. Acharam que era a peste, que causava febre e vômito, mas os que tinham ouvido a maldição sabiam que aquelas mortes eram bem diferentes: as vítimas morriam asfixiadas, como que enforcadas.

– Mas, tia – perguntou Bruna, certa vez –, se o tal condenado sumiu, como é que se pode ter certeza dessas histórias?

– Ele voltou para sua família – contou a tia. – Procurou sua mulher e seus filhos para se despedir, um mês depois. Disse que um raio havia acertado e quase rompido a corda que o deveria ter matado; ele agonizou dependurado por poucos fios. Seu corpo já não tinha qualquer sinal de vida, e o cérebro começava a se apagar, porém o raio percorreu sua cabeça e a manteve viva, ao contrário do corpo, que havia morrido e apodrecia. Ele descobriu que, para que seu corpo se regenerasse, precisava sugar o ar que viesse dos pulmões de outra pessoa. Porém, quando ele fazia isso, não havia mais como parar, e a vítima morria sufocada. Poderia realizar aquilo com qualquer um, sem importar a distância. Bastava se concentrar e, uma vez iniciado o processo, ele só terminaria quando o escolhido não tivesse mais nenhum ar em seus pulmões. Assim, ele ganhava forças e seguia vivendo eternamente, pois consumia tudo o que era vital e saudável de sua vítima, renovando suas próprias células. Aproveitava para pegar as roupas do morto, para esconder seu corpo putrefato.

Quando ouvia tantos detalhes, Bruna sempre perguntava como a tia sabia de tudo aquilo, ao que ela respondia que eram histórias da família. E Bruna, como todos os outros, também considerava tudo uma bobagem.

– Mãe, guarda pra mim! – Bruna sabia que seu filho adorava os brindes que acompanhavam as refeições e costumava protegê-los com um saco plástico que mantinha na bolsa, para algum imprevisto em dias de chuva.

Retornaram ao carro e Bruna não parava de pensar: com ou sem maldição, era estranho que em sua família, a cada geração, restassem mais mulheres do que homens. Quando seu filho nasceu, Bruna fez questão de realizar todos os exames possíveis, e ficou constatado que ele era absolutamente normal.

Depois que a tia morreu, essas histórias se foram com ela. Entretanto, a visão daquele homem no cemitério havia realmente mexido com as lembranças de Bruna.

Ele em muito lembrava as descrições que ela ouvira, e Bruna sentiu um frio na espinha ao recordar que o enforcado costumava frequentar o enterro de suas vítimas para escolher as próximas. Com certeza ele deveria matar aleatoriamente outras pessoas para permanecer vivo por tanto tempo, mas o seu desejo de vingança jamais deixaria aquela família em paz.

Ao chegar em casa, Bruna só queria tomar um banho.

– Mãe, me dá o meu brinquedo!

Ela retirou o objeto da bolsa e o entregou ao garoto. E, de repente, sentiu-se muito aflita.

"Meu Deus, a foto!"

Procurou no celular por fotos dos parentes tiradas no Natal. Havia homens, mas a maioria entrara na família por meio de casamento, nenhum era descendente direto. Seu primo ainda aparecia em uma delas, com um sorriso triste, forçado... Depois dele, restava apenas o filho dela. Então, sentiu a casa vazia, em silêncio.

– Filho!? Cadê você?

Não houve resposta. Correu para a cozinha, olhou no quintal, nada. Foi para a sala de estar e abriu a cortina. Assustou-se; aquele homem do cemitério estava diante de sua casa. Ela correu para a porta, mas a chave caiu no chão. Quando finalmente conseguiu abri-la, ele não estava mais lá.

Gritou por seu filho, e alguns vizinhos vieram ver o que estava acontecendo. Bruna olhou para sua porta e o garoto estava tranquilamente observando o que acontecia.

– Eu estava no banheiro, mãe.

Algumas pessoas foram falar com ela, mas Bruna disse que estava tudo bem. Quando seu marido chegou em casa, ele a confortou, dizendo que ela precisava relaxar, que o estresse a fez imaginar aquilo tudo.

O tempo foi passando e as coisas retornaram ao ritmo normal. Fizeram festas e viagens em família. Bruna acalmou-se. Seu garoto cresceu, tornando-se impaciente com o excesso de zelo da mãe.

Todos os dias, era ela quem o levava ao colégio e o buscava. Sempre questionava se tudo tinha corrido bem, se ninguém estranho havia aparecido.

Certo dia, Bruna aguardava seu filho quando percebeu que havia uma movimentação diferente no portão de saída.

Foi então que escutou a conversa de um jovem que parecia impressionado:
— Tem um garoto passando mal na escola...
Ela teve um mau pressentimento. Desceu do carro e viu o filho encostado na parede, sem fôlego. Alguns amigos rodeavam o garoto e, quando a viram se aproximar, falaram agitados:
— De repente, ele começou a passar mal.
— Filho, o que você está sentindo?
Ele não conseguia responder, parecia ficar mais fraco a cada minuto. Chamaram uma ambulância, mas ele piorava visivelmente, lutando para obter o ar.

Tudo o que Bruna mais temia estava acontecendo, era como se esperasse por aquele momento. Foi então que, de repente, ao olhar para a rua, na esperança de que algum socorro se aproximasse, ela o viu: era o mesmo homem que estava no cemitério, no enterro de seu primo. Jamais se esqueceria do jeito estranho como se vestia.

Deixou seu filho nas mãos de uma mulher que o amparava e falou para o garoto:
— Eu já volto! Aguente firme.

Decidida, caminhou em direção ao estranho homem. Parecia que somente ela o via, ao longe, numa pequena praça, parcialmente escondido por uma árvore. Bruna estranhou o fato de ele não tentar se afastar conforme ela se aproximava. Parecia desorientado, fraco. Além de tudo, ele tinha a boca aberta, como se estivesse sugando alguma coisa.

Então, Bruna compreendeu: era o ar, a vida de seu filho que ele sugava. Correu desesperadamente e o derrubou.

Sentiu o mau cheiro que emanava daquelas roupas e teve nojo. Mesmo assim, usou as mãos para tapar a boca e o nariz daquele ser, mas não foram suficientes.

De repente, lembrou-se do plástico que sempre trazia em sua bolsa, a qual estava caída pouco atrás. Abriu-a desajeitadamente e puxou o saco. Imediatamente, cobriu a cabeça do monstro até o pescoço.

Ele reagiu violentamente, buscando o ar que lhe faltava. O corpo começou a se debater, mas ela continuou a segurar firmemente o saco ao redor do pescoço dele.

Algumas pessoas perceberam a agitação que acontecia na praça e correram até lá. Entraram em pânico quando viram uma mulher tentando matar um homem.

Quando conseguiram retirar Bruna de cima do enforcado, o plástico havia penetrado em sua boca e nas narinas. Alguém retirou o saco de sua cabeça, revelando que o homem estava completamente roxo e com os olhos saltados: morto com certeza.

Bruna aliviou-se quando verificou que o enforcado estava imóvel. "Tomara que tenha dado tempo", era seu pensamento fixo enquanto retornava para o filho. Ela torcia para que o enforcado não tivesse sugado toda a força vital do menino.

A polícia não demorou a chegar e encontrou um cenário indescritível. Em uma praça, perto da escola, jazia um corpo que parecia jamais ter tido vida: ressecado, apodrecido em alguns lugares e cheirando mal. As autoridades não conseguiam crer nos relatos das pessoas que juravam que ele havia sido morto por uma mulher...

Assim, ao ouvir tudo aquilo, foram falar com aquela mãe. Encontraram-na junto a seu filho, que acabara de ser colocado, desacordado, em uma ambulância e parecia respirar mal, com imensa dificuldade...

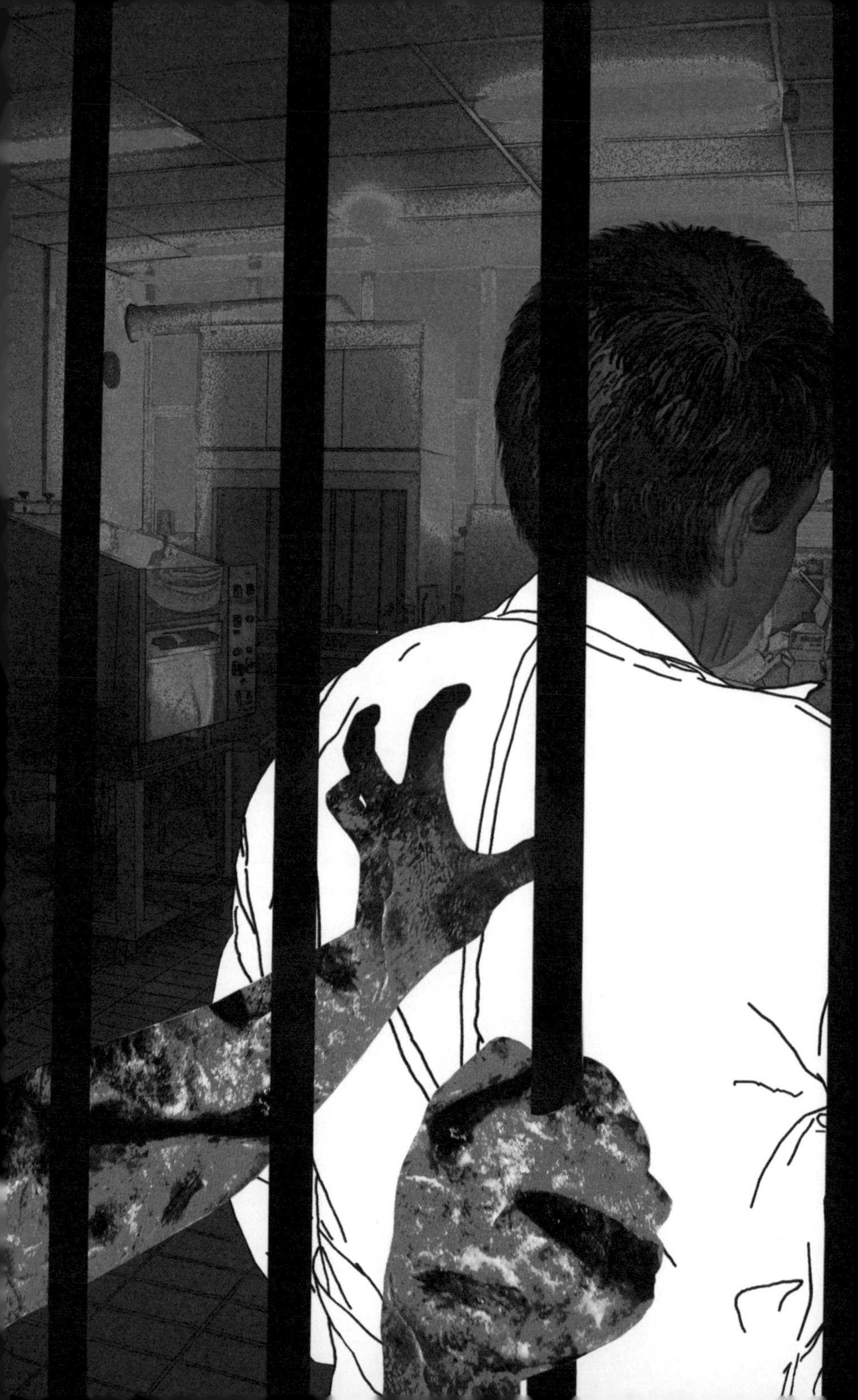

Manuel Filho

O porão do desespero

A dra. Suzana Alencar, uma das mais brilhantes neurocientistas do Brasil, participava de uma pesquisa, de alcance mundial, que estudava uma série de alterações da atividade cerebral dos seres humanos. As pessoas afetadas morriam, mas, de alguma forma, permaneciam como que vivas. Os cientistas se recusavam a usar o termo, mas as vítimas estavam se transformando rapidamente em zumbis. Fosse o que fosse, aquelas manifestações se disseminaram pela população e não eram mais um segredo de Estado. Chegavam relatos de que cidades inteiras já tinham, praticamente, desaparecido. Havia fugas, incêndios, roubos e destruição de todos os tipos.

Eram restritos os lugares seguros, conhecidos apenas por poucas autoridades. Cientistas, médicos e pessoas selecionadas estavam sendo transportadas e protegidas para que tentassem descobrir uma cura para o problema. Dra. Suzana resistiu o maior tempo possível em seu laboratório, pois havia experiências que não podiam ser interrompidas de maneira alguma. Faltava pouco para que ela obtivesse um resultado que julgava importante. A cidade em que vivia parecia segura e estava protegida pelo exército.

Porém, numa manhã, o alarme de segurança de seu laboratório disparou. Muitos funcionários ainda não haviam chegado, e seu único assistente naquele momento mostrou pela janela que uma horda de zumbis se aproximava do prédio. Tinham que colocar em prática o plano de fuga. Deveriam juntar todos os documentos da pesquisa, apertar o botão de emergência e subir para o terraço, à espera do helicóptero de salvamento.

E foi exatamente isso que começaram a fazer. Porém, o zumbi que era utilizado como cobaia tornou-se bastante agitado. Estava preso havia semanas e sempre tentava se libertar. Quando a dra. Suzana julgou que já havia recolhido tudo, percebeu que alguém deixara importantes amostras próximas a ele. Correu para pegá-las e, naquele momento, o morto-vivo conseguiu soltar uma das mãos, com a qual agarrou a mulher, mordendo-lhe o braço profundamente. Ela gritou enquanto o assistente cravava um objeto no cérebro do monstro, exterminando-o.

– Rápido, recolha todos os documentos e fuja daqui – gritou ela. O rapaz, entretanto, não poderia abandoná-la. Instintivamente, pegou um machado, que ficava preso junto aos extintores, e gritou:

– Não se mexa!

E num movimento brusco, decepou-lhe o braço logo acima do ferimento provocado pelo zumbi. A mulher contorceu-se de dor.

O homem teve a esperança de que o sangue contaminado não tivesse se espalhado pelo corpo, porém desesperou-se ao ver o intenso sangramento que se seguiu. Recolheu alguns tecidos para estancar o ferimento e tomou o caminho para os elevadores. Entretanto, eles não funcionaram. A solução era a escada. Foi então que, de repente, um office boy, Jair, surgiu do banheiro. O assistente lhe entregou os documentos e pediu que amparasse a doutora enquanto ele buscava ajuda. E assim Jair fez, mas o homem não voltava. Uma demora interminável.

De repente, a porta do elevador se abriu e o garoto amparou a doutora para dentro, mas permaneceram parados no andar, pois os botões não funcionavam. Jair viu o assistente no final do corredor. Gritou por ele e, quando o homem se virou, faltava-lhe um pedaço do rosto, e sua perna estava dilacerada. Ao ver o garoto e a senhora, o então zumbi correu para atacá-los. Outros zumbis também começaram a surgir. Jair testou todos os botões, e o único que funcionou foi o de fechar a porta. Os mortos-vivos começaram a esmurrá-la. Jair tentou o botão de emergência, mas nada aconteceu. A doutora, muito fraca, disse-lhe para apertar o do subsolo e o número sete, ao mesmo tempo. Era um código de emergência. O elevador se moveu e só parou quando chegou ao subsolo. Sentiram receio quando a porta se abriu, pois viram alguma coisa se movendo no local. Saíram do elevador e o garoto procurou algo para se defender. A única coisa que encontrou foi um cesto de lixo, que atirou na direção do vulto, o qual gritou:

– Parem!

Levaram um susto, mas o garoto reconheceu a moça. Era Glória, a recepcionista do térreo, que estava grávida de cinco

meses. Ela ajudou a amparar a doutora e todos se dirigiram para o quarto de segurança. Um local estratégico que poderia protegê-los até mesmo de um ataque de bombas. Para entrar nele, bastava digitar outro código, abrir a porta e...
– Rápido, estou sendo seguida – disse Glória, assustada.
Ouviram tiros e viram duas pessoas se aproximando. A doutora informou o código, pois não tinha forças para digitá-lo. O garoto não conseguiu acertá-lo, mas Glória tentou e teve sucesso. Rapidamente entraram, na esperança de se proteger daqueles atiradores, mas, ao tentar trancar a porta, um deles, Cássio, atirou-se sobre ela, impedindo o fechamento. Ele chamou por Aline, que o acompanhava, e, de repente, os cinco estavam presos naquele pequeno ambiente, que possuía uma fraca luz de emergência e poucos mantimentos.
– Não nos machuquem, por favor – implorou Glória.
– Calma, fique tranquila – disse Aline, uma jovem policial. – Nós fomos pegos de surpresa, a cidade foi invadida por uma horda imensa de zumbis. Surgiram de todos os lados.
– Entramos em nosso carro e só pensamos em tentar escapar – disse Cássio. – Mas a gasolina acabou e tivemos que procurar um lugar para nos esconder.
– Foi então que avistamos este prédio – disse Aline para a grávida. – Vimos você correndo para uma escada e resolvemos te seguir...
Aline estava sem fôlego. Tinha alguma consciência do que ocorria, mas seus superiores não a informaram de tudo. Um ataque poderia ocorrer a qualquer momento, mas se acharam seguros, em razão da presença do Exército, porém, pelo jeito, não conseguiram proteger a cidade inteira.

Quando percebeu a presença dos zumbis, a policial estava saindo de uma aula, no Clube de Tiro, com seu amigo Cássio, um civil, e decidiram fugir.
– Que lugar é este? – perguntou Cássio, observando o porão.
– É um quarto de segurança – disse Glória. – Antes de vir para cá, recebi um telefonema, de alguém do Exército. Queriam saber se a doutora estava protegida. Tentei ligar para o andar dela, mas ninguém atendeu. Mandaram-me vir para cá, procurá-la. Ia voltar para dizer que não a achei, quando avistei vocês, ouvi os tiros e me assustei. Resolvi retornar quando encontrei a doutora e o garoto. Então...
Aline aproximou-se da doutora e perguntou:
– A senhora está se sentindo bem?
Ela não conseguia falar, parecia estar delirando. Jair contou o que tinha acontecido, e a policial ficou preocupada.
– Temos que dar água para ela, pelo menos – disse Aline.
Mas não havia muita coisa no local.
– Aqui tem uma garrafa – constatou Glória.
A grávida ergueu a cabeça da senhora e deu-lhe água. Aline lembrou-se de seu filho, triste. Queria notícias dele, mas não sabia o que fazer. O sinal do celular estava muito fraco e não completava ligações.
Então, de repente, um telefone vermelho preso à parede tocou. Aline o atendeu e, embora tentasse disfarçar, foi ficando pálida.
– Sim, compreendi... Vamos tomar as providências. Claro, rápido...
Quando o colocou no gancho, sentiu um breve mal-estar, o cheiro da morte. Permanecia presente em seu olfato o odor dos corpos apodrecidos.

— O que eles disseram? — perguntou Glória, aflita.
Aline olhou para o pequeno grupo formado pelas cinco pessoas e disse:
— Está vindo um pelotão de salvamento.
Antes que pudesse terminar a frase, notou que as pessoas se sentiram aliviadas, mas isso durou muito pouco.
— Só que existem algumas condições.
— E quais são? — perguntou Cássio, que, a cada momento, parecia mais perturbado. Aquele ambiente fechado estava deixando-o tenso. Aline já havia percebido que ele tocava em sua arma com uma frequência maior do que a desejada.
— Não há lugar para todos — anunciou Aline.
— Como não há lugar para todos? — indignou-se Cássio.
— O que eles estão pensando?
Ele sacou a arma e disse:
— Não vou morrer preso neste lugar!
Aline rapidamente ergueu a dela e determinou:
— Guarde sua arma, agora!
A expressão de Cássio ficou ainda mais alterada. Sabia que a policial era muito mais hábil do que ele e resolveu se conter.
— A doutora está cada vez mais agitada — disse Jair.
— É por causa dela, não é? — perguntou Glória para Aline.
— É somente por causa dela que eles estão vindo, estou certa?
Até aquele momento a policial ainda não havia reconhecido a doutora, mas, durante a conversa ao telefone, quando percebeu o interesse dos socorristas nela, entendeu de quem se tratava. Ela intuiu que, se a doutora não estivesse bem, não iriam trazer qualquer tipo de auxílio.
— Quantas pessoas podem tirar daqui? — perguntou Cássio.

— Três! – respondeu Aline.
— O homem olhou para os lados, desanimado. Observou a doutora e disse:
— Esta mulher já está morta!
— Não fale isso – pediu Glória. – Se ela morrer, ninguém virá nos salvar.
— Ela não está morta – afirmou Jair. – Está respirando...
— Mas vai morrer, e logo – disse Cássio, quase em tom de ameaça. – Está sem um braço, sangrando, é velha. Estamos cercados por zumbis, ela não vai conseguir correr e vai atrasar quem estiver ajudando. Se a deixarmos aqui, seremos quatro. O garoto é magro, pode se acomodar no colo de alguém no helicóptero...

Aline olhou para Cássio. Ele tinha alguma razão. A doutora, certamente, não conseguiria se defender sozinha. A mulher grávida também teria problemas e o adolescente, por falta de experiência, poderia ser atacado facilmente. Porém, ela e Cássio sabiam como usar armas e eram jovens, poderiam correr com tranquilidade e se defender. No Clube de Tiro, onde se conheceram e ficaram amigos, Cássio era um excelente atirador. O grande problema dele era o temperamento; se conseguisse ser controlado, seria um grande parceiro para que pudessem encontrar outro lugar seguro, onde teriam melhores condições de sobrevivência.

Ficou claro para Aline quem deveriam ser os três escolhidos. De repente, o telefone tocou novamente. Aline o atendeu.

— O socorro chegou – informou ela ao desligar. – Houve uma mudança nos planos. Não vão descer no terraço. O prédio parece estar tomado. O helicóptero irá descer na

porta de entrada, alguns soldados vão metralhar os zumbis que estiverem próximos. É para lá que vamos.
— E quem vai? — perguntou Glória.
— Vamos todos. Teremos que encontrar uma solução — disse a policial.

Então, de repente, o celular de Aline vibrou. Ela o tirou do bolso, ansiosa, e, para sua alegria, era uma mensagem de seu filho: "Mãe, vem me buscar, estou com medo". O garoto estava vivo! Ficou quieta. Agora tinha a certeza de que precisava se salvar de qualquer maneira.

Analisou toda a situação e observou que Cássio estava tenso, mantinha a mão sobre a sua arma e poderia se tornar perigoso.

— Vou abrir esta porta com cuidado. Não sei o que tem do outro lado — disse Cássio. — Aline, fique atenta.
— Eu ajudo com a doutora — anunciou Glória para Jair.

Ao abrir a porta, viram, diante deles, seis zumbis. Cássio eliminou três e Aline se encarregou dos outros. A tensão cercava o ambiente. Os movimentos que a doutora fazia pareciam reanimar a hemorragia.

— Aguente firme — pediu Jair, também carregando os valiosos documentos. — Falta pouco.

Subiram a escadaria de emergência e atingiram o saguão principal, onde havia vários zumbis procurando por vítimas. Ficaram em silêncio e, de repente, escutaram o helicóptero.

— A doutora desmaiou — avisou Glória.

Aline viu quando o helicóptero pousou e dele saíram três soldados que metralharam os zumbis que ocupavam a entrada do prédio.

— É agora! — disse a policial. — Temos que sair.

Cássio adiantou-se e atirou em tudo o que surgiu em sua frente. Aline percebeu que fora deixada sozinha com aquelas pessoas. Era uma traição. Cássio corria rapidamente para a saída, com certeza pretendia ocupar um lugar no helicóptero. Aline não podia correr riscos, disparou sua arma e acertou o amigo, que caiu no chão.

Glória apavorou-se sem entender o que havia acontecido.

— Espere — disse o adolescente. — A doutora está desmaiada... Não, veja, acho que ela está bem.

A mulher abriu os olhos e viu Jair. Ele ficou contente, mas percebeu que havia alguma coisa errada: aqueles olhos estavam opacos. Ela pareceu ganhar uma força imensa e, antes que o garoto pudesse fazer qualquer coisa, o mordeu no pescoço violentamente. Aline acertou um tiro na mulher.

— Não! — gritou Glória, indo em direção ao adolescente para ajudá-lo, mas foi impedida por Aline.

— Pare, não podemos fazer mais nada por ele. Temos que sair daqui, e rápido. Então, a policial recolheu todos os documentos que conseguiu, retirou o avental da doutora e vestiu-o rapidamente na mulher grávida.

Aline percebeu que um dos soldados já estava no saguão. Tinham que fugir imediatamente, seu filho precisava dela. Correram. Glória não parava de chorar, e a policial mandou que ela se calasse. Ao vê-las, o soldado se aproximou e perguntou:

— Ela é a doutora?

— Sim — respondeu Aline abaixando a cabeça da mulher e mostrando os documentos para o soldado.

— Então, vamos!

53

Aline só pensava em seu garoto. Glória estava em estado de choque, não conseguia dizer nada. Enquanto os soldados metralhavam alguns zumbis, a policial conseguiu entrar no helicóptero, que logo alçou voo. Respirou aliviada, mas sentiu que os homens olharam para ela desconfiados, pois já conseguiam perceber que Glória, em nada, sob nenhum aspecto, se parecia com a doutora que deveria ter sido salva. E Aline iria pagar muito caro por isso.

Sempre me interessei por histórias fantásticas e de assombração. Morria de medo dos filmes de Drácula com o ator Christopher Lee. Antigamente, esses filmes só passavam às altas horas da noite, e eu não podia assistir. Mas buscava por informações e detalhes, principalmente os que me deixassem com "frio na espinha". Também ficava impressionado com contos sobre a vingança dos mortos ou quando eles pediam por algum tipo de ajuda.

Com o tempo, descobri que existem outros monstros horríveis, prontos para assombrar o nosso dia a dia, como os lobisomens, por exemplo. Agora, finalmente chegou a minha vez de escrever histórias que, talvez, não sejam totalmente ficcionais. Se alguma coisa acontecer com você, eu não tive culpa, pois deixei este recado por aqui. Depois não diga que não avisei! Já publiquei mais de vinte livros e até ganhei um prêmio de literatura bem bacana, o Jabuti. Para saber mais, dê uma olhadinha no meu site: www.manuelfilho.com.br.

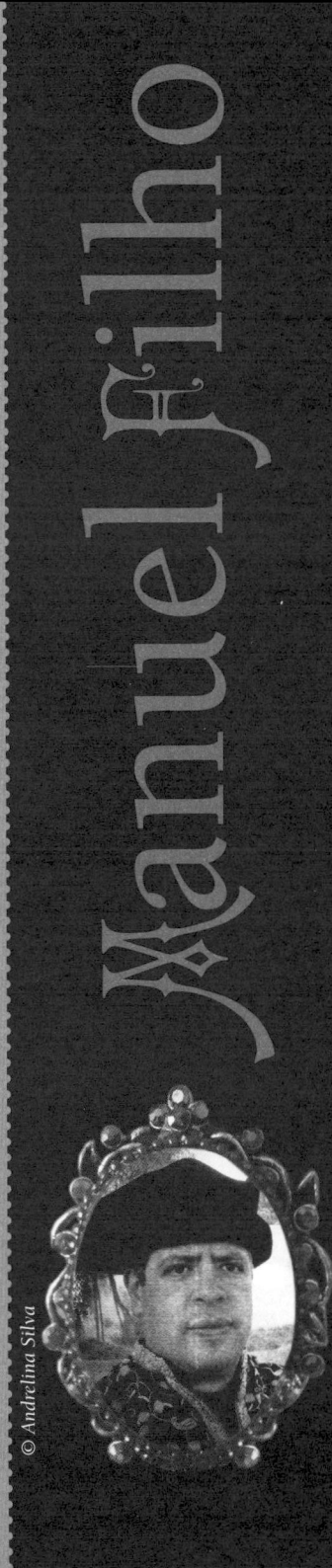

© Andrelina Silva

Manuel Filho

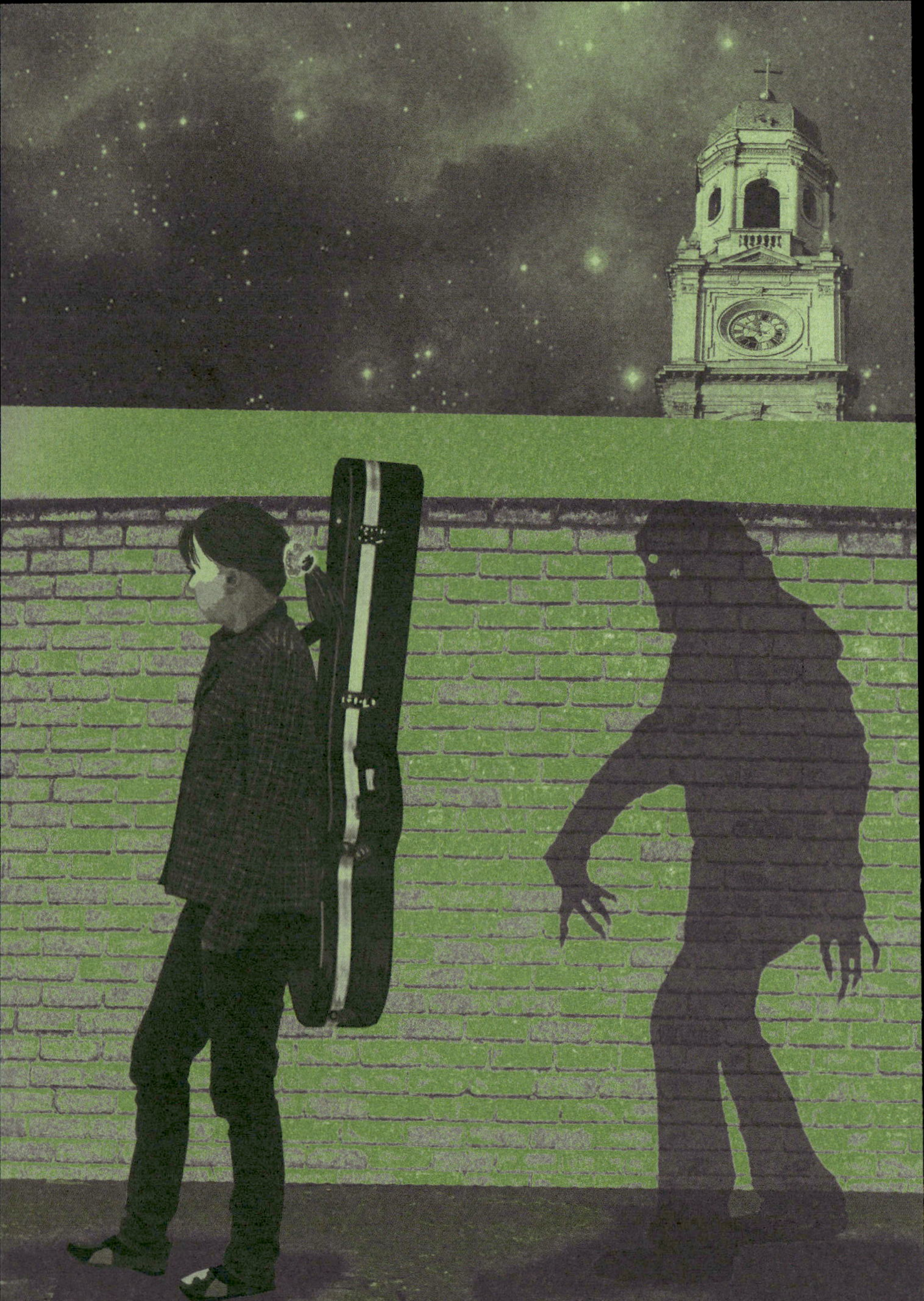

Rosana Rios

A guitarra

Ela virou a esquina e caminhou até o cruzamento. As ruas estavam desertas, embora ainda houvesse janelas iluminadas nos edifícios. As lojas haviam se fechado há muito; nenhum carro passava por ali àquela hora.

Faltavam sete minutos para a meia-noite, e o coração de Sarah batia descompassado, como se um baterista enlouquecido misturasse rock, samba e uma marcha fúnebre.

A marcha fúnebre seria adequada...

Ela ainda não sabia onde arrumara coragem. Fora para o quarto às dez; mas, assim que os pais apagaram as luzes, pusera o *case* da guitarra nas costas e se esgueirara para a rua pela porta dos fundos, cuidando para que a chave na porta não fizesse barulho.

Livre! Como na canção dos Beatles.

Quietly turning the backdoor key, stepping outside, she is free...[1]

---

1. Silenciosamente virando a chave da porta dos fundos, pisando lá fora, ela está livre.

Mas Sarah não estava fugindo de casa: só queria liberdade por algumas horas.

Para ir ao encontro *deles*.

Se iriam aparecer, não sabia. Fizera planos de acordo com o que pesquisara: um cruzamento deserto, um domingo de lua cheia, uma oferenda.

Eram cinco para a meia-noite quando ela pôs os objetos no asfalto, no ponto em que as ruas se cruzavam. Uma folha de partitura do maior sucesso dos Doors, um pouco de água derramada e um palito de fósforo fumegando, pois a fumaça sobre a água a lembrava do Deep Purple. O toque final: gotas de sangue obtidas ao picar o dedo com uma agulha.

Três minutos para a meia-noite.

Sarah divisou vultos em uma das ruas escuras. Era real, ou sua mente adolescente estaria imaginando coisas? Desejando, com todas as forças, que mortos-vivos saíssem das sombras dos túmulos para lhe trazer a sabedoria do rock.

Tentou ver quem se aproximava. Podiam ser criaturas sobrenaturais. Ou não. Havia coisas piores que demônios, íncubos, zumbis.

A garota se lembrou do AC/DC e se sentiu a caminho do inferno, como dizia a letra de um rock dessa banda. Ficou imaginando se fizera a escolha certa.

Só restava esperar.

Sarah tinha nove anos quando descobriu como uma escolha pode mudar a vida da gente. Devia escolher um presente de Natal; todo final de ano a mãe oferecia duas opções.

– Quer uma boneca ou um ursinho?
– Um livro de histórias ou um jogo?
– Um vestido rosa ou uma blusa amarela?

Todo ano ela sabia qual presente sua mãe podia comprar e, para a felicidade geral da nação, sempre escolhia certo, porque, na verdade, não escolhia. Mas, naquele Natal, pela primeira vez, ela realmente escolheu.

– Quero uma guitarra.

A mãe piscou.

– Uma o quê?

– Uma guitarra. Pra tocar rock.

A mãe piscou de novo. Tossiu. Engasgou.

– Uma guitarra de plástico? Para brincar?

Sarah a encarou com superioridade.

– Uma guitarra de verdade. Pra tocar rock.

Ela podia ver os pensamentos passando pelo cérebro da mãe, como se sua testa fosse transparente e o que ela pensava passasse ali, feito um filme ou um seriado na tevê.

Quanto custa uma guitarra? Muito caro. Deve ter loja que vende guitarra usada. Guitarras são elétricas, não funcionam sozinhas. Precisam de amplificador. Ah, ela deve estar brincando. Aposto que se contenta com uma de brinquedo.

No dia de Natal, Sarah ganhou uma guitarra de plástico, que custara o mesmo que uma boneca ou um ursinho. Como havia lido os pensamentos da mãe, não ficou surpresa. Disse que tinha adorado e brincou com a guitarra durante dias, imitando acordes e gestos que vira na tevê, em mulheres que achava maravilhosas, como Rita Lee e Cássia Eller. Com um pouco de prática, conseguiu até afinar as cordas e tirar um som decente.

E, apesar de não ter ganhado uma guitarra "de verdade", sabia que havia mudado sua vida. Fizera uma escolha, e escolhas causam mudanças na vida de quem as faz.

O cofrinho em forma de caveira recolhera suas economias. Nas folgas do colégio ela inspecionava as lojas de instrumentos da rua Teodoro Sampaio. Isso, e assistir a MTV, informaram-na sobre modelos, amplificadores, cabos, pedais de distorção.

Aos 13 anos, com suas economias, Sarah comprara uma guitarra de verdade, com todos os acessórios. A essa altura, seu quarto já era à prova de som; com porta e janela fechadas, paredes cobertas por um forro acústico improvisado com caixas de ovos, ela poderia ensaiar todos os solos do Eric Clapton que ninguém ouviria, nem mesmo os pais, no quarto ao lado.

O problema era... como tocar os solos do Eric Clapton?

Ela estudara música no colégio. Tinha noções básicas de leitura de partituras. Conhecia cifras e acordes. Tirava som da guitarra... mas era um som, não era O SOM.

Sarah queria tocar como Jimmy Page. Keith Richards. Hendrix. Para isso, precisaria de magia. Ninguém aprende a tocar guitarra como um mestre da noite para o dia. Ou aprende?

Nunca saberia dizer qual fora a primeira vez que viu o Velho; fazia anos que ele vagava pelas lojas da Teodoro, testando instrumentos. Já era parte da paisagem urbana. Estava cada dia em um lugar diferente, tirando um som diferente. Teclados, baixos, violas, banjos, violões. E guitarras.

Definitivamente, guitarras.

Parecia ter cem anos; cabelos e barba longos e grisalhos, óculos iguais aos do John Lennon e camisetas pretas surradas. Sempre testando um acorde do Aerosmith ou do Queen, indicando a quem perguntasse qual o melhor encordoamento para cada efeito, onde conseguir partituras raras, quem tinha para vender obscuras gravações em vinil de grupos dos anos 1960/70, como o Five Man Electrical Band, banda que provavelmente só ele e Sarah conheciam.

Certo dia, passando pelas lojas em busca de um novo encordoamento de aço, ela o ouviu tocar uma introdução do AC/DC. Divinamente. Diabolicamente. Numa Fender.

Ter uma guitarra Fender era um sonho inacessível. Sarah parou para escutar e, quando ele terminou, aplaudiu, com alguns fregueses que também haviam parado para ouvir. Mas o Velho não ligava para aplausos. Olhou bem nos olhos de Sarah e disse, antes de sumir nos fundos da loja:

– Um dia você vai tocar assim. Ou melhor. Se tiver coragem de procurar por eles.

Ela bem que quis ir atrás do sujeito e perguntar quem eram eles, como adivinhara seus sonhos... Mas o homem desaparecera.

Não pensou muito naquilo; era época de provas no colégio. Porém, na mesma semana, foi à biblioteca pesquisar para um trabalho sobre folclore e leu vários contos de cordel. Um deles lhe trouxe à mente as palavras do Velho. O título era *O homem que aprendeu a tocar viola meia-noite no cemitério com as almas do outro mundo*: a história de um rapaz que queria aprender a tocar viola e descobriu que, se fosse ao cemitério à meia-noite, poderia fazer um pacto com os mortos e obter a capacidade mágica de tocar divinamente. Ou diabolicamente...

"Aí tem coisa", Sarah cismou.

Pesquisou tudo o que pôde sobre pactos sobrenaturais ligados a instrumentos musicais. Buscava na internet, em livros e revistas, em reportagens e documentários da tevê. Em poucos meses tinha reunido, numa pasta, um dossiê sobre o assunto. Descobrira coisas incríveis.

Que havia centenas de histórias sobre gente que tinha aprendido música com seres do *outro mundo*: fantasmas, mortos-vivos, demônios. Tais criaturas eram encontradas à meia-noite, em cemitérios ou encruzilhadas, para fazer algum tipo de pacto.

Que o famoso violinista Paganini, que viveu na Itália, de 1782 a 1840, era mal visto por muita gente porque seu talento ao tocar violino era tão fantástico que alguns acreditavam que vendera sua alma ao diabo.

Que certos sons foram considerados demoníacos, e chegaram a ser proibidos pela igreja, na Idade Média. O acorde chamado trítono, obtido ao se tocar duas notas musicais que tenham, entre elas, um intervalo de três tons inteiros (como o fá e o si), é chamado *Diabolous in musica*, "o diabo na música". O eco dissonante que esse acorde gera é sinistro, e muito usado em heavy metal.

Que vários musicistas famosos formam o chamado "Clube dos 27", por terem morrido aos 27 anos. Coincidência ou não, todos foram considerados loucos, inovadores. Sarah ouvira ídolos como Jimmy Hendrix, Jim Morrison, Janis Joplin e Amy Winehouse. Mas ficou impressionada ao conhecer o som de Robert Johnson, cantor e guitarrista de

blues que morreu em 1938. Ninguém jamais tocou guitarra como ele e, assim como Paganini, diziam que vendera a alma ao demo.
Tanta informação começou a virar a cabeça de Sarah. Buscou mais fatos, mais lendas. E chegou a algumas conclusões, que anotou e guardou na pasta:

1. Tanta narrativa folclórica sobre seres do outro mundo ensinando música aos vivos não pode ser coincidência.
2. Em geral, há uma troca, um pagamento, algum tipo de oferenda feita pela magia.
3. Os encontros com *eles* (diabos, almas penadas) acontecem em lugares desertos, à meia-noite.
4. As mortes de grandes musicistas de jazz, blues e rock sempre são envoltas em mistério. O exemplo básico é Elvis, que morreu em 1977 mas até hoje é avistado por aí.

Depois de fazer essas anotações, Sarah passou semanas sem mexer na pasta. Guardou-a na prateleira, sob pilhas de partituras, e de vez em quando lançava-lhe olhares de medo. "Isso é fantasia?", matutava. "Ou é verdade?"

Uma tarde, ao chegar em casa, recebeu um sermão imenso do pai, pois suas notas no colégio deixavam muito a desejar. Entre berros, ele jurou que, se ela não melhorasse, seria proibida de tocar a "maldita guitarra", mesmo porque música é uma perda de tempo e ela devia estudar "alguma coisa séria, para ter um bom emprego no futuro".

Fora dormir deprimida com a discussão, e sem jantar, pois o olhar lacrimoso da mãe, sem contestar as palavras cruéis que lhe negavam o direito de escolher o que queria da vida, tirara-lhe a fome. Chorou até adormecer e teve um sonho estranhamente nítido.

Viu-se caminhando até um cruzamento deserto, em seu bairro. O Velho estava lá, no asfalto, no ponto em que duas ruas se encontravam. Quando a viu chegar, manteve no ar o acorde de fá e si.

– *Eles* virão – disse. – A música que fizeram foi tão poderosa que mantém todos por perto. Meio vivos. Meio mortos. Precisam de mais música para existir. Precisam de nós. Precisam de você.

Então ela havia olhado para cada uma das ruas, para os quatro pontos cardeais, e os vira. Ao som de *Paranoid*, do Black Sabbath, eles se aproximavam. Em bando, como os zumbis dos filmes. Sarah tentou divisar seus rostos, querendo ver Kurt Cobain, Cazuza, Brian Jones.

Mas acordou gritando, sem vê-los.

Sentou-se na cama, ouviu passos. Uma batida na porta e surgiu o rosto preocupado da mãe.

– Filha, você está bem? – sem esperar resposta, entrou. Sentou-se, abraçou a garota. – Quer que eu faça um chá? Você não jantou, deve estar com fome...

Ela se deixou abraçar. Como sempre, podia ver os pensamentos da mãe.

Ele não fala por mal, só está pensando no seu futuro. Não vamos tirar sua guitarra, você comprou sozinha, e toca tão bem. Podia estudar no conservatório. As mensalidades são caras, mas eles têm um programa de bolsas de estudo. Se suas notas melhorassem, seu pai ficaria mais calmo e a gente o convenceria a fazer sua matrícula, tentar a bolsa... Nós te amamos, Sarah. Somos sua família, vamos te apoiar, sempre.

— Está tudo bem, mãe — ela disse, afinal. — Foi só um pesadelo. Vai dormir.

Na manhã seguinte, após rolar na cama por horas, ela havia tomado uma decisão. Não se importava com o colégio, as notas, os pais. Queria fazer rock, tocar guitarra como seus ídolos, e depressa. Era o que faria, mesmo se tivesse de negociar um pacto com zumbis!

À tarde, foi às lojas de instrumentos. Já estava desistindo de encontrar o Velho, quando seus ouvidos captaram o que parecia ser um solo de Hendrix. Seguiu o som e o viu, no fundo de uma galeria. Terminara de tocar e deixara a guitarra no suporte, ainda conectada ao amplificador.

Sarah respirou fundo, pegou a guitarra e posicionou os dedos. *Fá, si.*

O trítono ecoou na loja, na galeria, na rua. Pessoas olharam-na com estranheza. Mas o Velho sorriu. E, quando ela pôs o instrumento no lugar e cravou os olhos nele, nem precisou dizer nada. Ele sabia o que ela desejava. Respondeu:

— Procure um lugar deserto. Faça a oferenda. Toque. *Eles* virão.

Mais tarde, ela pegou a pasta na prateleira, repassou as informações que reunira e escolheu os rocks que tocaria.

Tinha dúvidas, é claro. Não poderia carregar um amplificador para a rua. Como ouviriam sua guitarra? Quais mortos-vivos atenderiam ao seu chamado? Se pudesse, chamaria Cássia Eller, que falava sua língua e com quem sentia mais afinidade. Como eles fariam? Haveria algum tipo de magia zumbi capaz de ensiná-la a tocar em segundos? Seriam zumbis nojentos, famintos?

"Domingo", decidiu. "O que tiver de ser, será."

Era o que escolhera, e não voltaria atrás.

Um minuto para a meia-noite.

Sarah abriu o *case* da guitarra. Um toque na corda mi lhe mostrou que, sim, o som seria ouvido mesmo sem amplificador. Havia magia no ar, a música ecoaria e a oferenda alimentaria os roqueiros mortos-vivos.

Então, parou. Respirou fundo. Olhou para os quatro cantos das ruas que se cruzavam.

Em uma delas viu os vultos, agora com clareza, embora a escuridão lhes ocultasse os rostos. Sentiu o cheiro que os acompanhava. Sangue. Carne podre. Túmulos abertos. Zumbis...

E, de repente, Sarah só conseguia pensar em sua mãe, abraçando-a no meio da madrugada, confortando-a.

Família. Apoio. Amor. Imaginou os pais em casa, dormindo, sem saber aonde a filha fora. Em que aventura se metera.

Soube que não queria, afinal, tocar o que escolhera antes.

O rock que desejava, naquele momento, era *Stairway to heaven*, do Led Zeppelin. Uma escadaria para o céu... Podia até ouvir Robert Plant e Jimmy Page em sua cabeça:

Yes, there are two paths you can go by, but in the long run
There's still time to change the road you're on.

As palavras faziam sentido. *Sim, há dois caminhos que você pode tomar, mas, a longo prazo, sempre há tempo de trocar a estrada que está seguindo.*

Brincar de atrair zumbis, algo que havia poucas horas lhe parecia tão tentador, de súbito, era uma ideia aterrorizante! Havia possibilidades em que não havia pensado. E se ela se tornasse uma morta-viva também?

Apanhou a folha de partitura no chão, amassou-a, pôs no bolso. Fechou o *case* da guitarra e recuou. Avaliou qual seria o caminho mais curto para chegar em casa e partiu, o passo acelerado.

Sua mão tremia quando girou a chave para abrir a porta dos fundos. Tinha a sensação de que todos os zumbis e as almas penadas da cidade a seguiam, exigindo música, exigindo a oferenda, desejando energias para manterem-se mais um pouco no limiar entre a vida e a morte.

Ouvia acordes-fantasmas seguindo-a... Mas, assim que fechou a porta, tudo cessou.

Foi para o quarto. Jogou-se sobre a cama. Ficou olhando para o teto e ouvindo o silêncio.

Não teve sonhos naquela noite. Acordou cedo, vestiu-se, foi para a cozinha. O pai e a mãe, tomando café, a olharam com um ar de conciliação. Na mesa, viu um folheto do conservatório; anunciava o programa de bolsa de estudos.

Ninguém disse nada. Sarah tomou café com leite, escovou os dentes, abraçou os pais e foi para o colégio. Precisaria recuperar as notas no bimestre seguinte.

Ia cantarolando *While my guitar gently weeps*, dos Beatles, e pensando que não precisava de soluções imediatas. Tinha tempo, tinha rock nas veias, tinha uma guitarra só sua para praticar.

Mas teria de ter muito cuidado daquele dia em diante. Tinha a sensação de que o ritual que não terminara trouxera, de algum limbo roqueiro, talvez, uma legião de zumbis. Não haviam entrado em sua casa na noite anterior, porém estavam próximos... espreitando-a. Aguardando.

Eles tentariam fazê-la mudar de ideia.

Conseguiriam?

Só o tempo diria.

Escolhas. Tudo se resumia em fazer escolhas.

Rosana Rios

A caverna do troll

Na Noruega, um frio país da Europa, existe um local chamado Trold-Tindterne. Lá, pode-se ver uma assustadora paisagem: centenas de pedras erguem-se como guerreiros prontos para atacar. Dizem os noruegueses que, há séculos, dois exércitos de trolls ali se enfrentaram, tão empenhados em vencer o inimigo que se esqueceram de interromper a batalha antes de o sol nascer.

Trolls expostos à luz viram pedra. Naquele dia, os primeiros raios a iluminar a gelada paisagem os transformaram, um por um, em blocos de pedra. E lá estão eles, até hoje, apanhados na fúria da guerra, presos entre a sanha da matança e o cruel destino da rocha.

Sim, sabe-se que os trolls, antigos seres do folclore escandinavo, fugiam dos raios solares. Mas o que ninguém sabe – nem mesmo os povos nórdicos – é que eles podem ainda existir, hibernando em lugares ocultos. É possível até

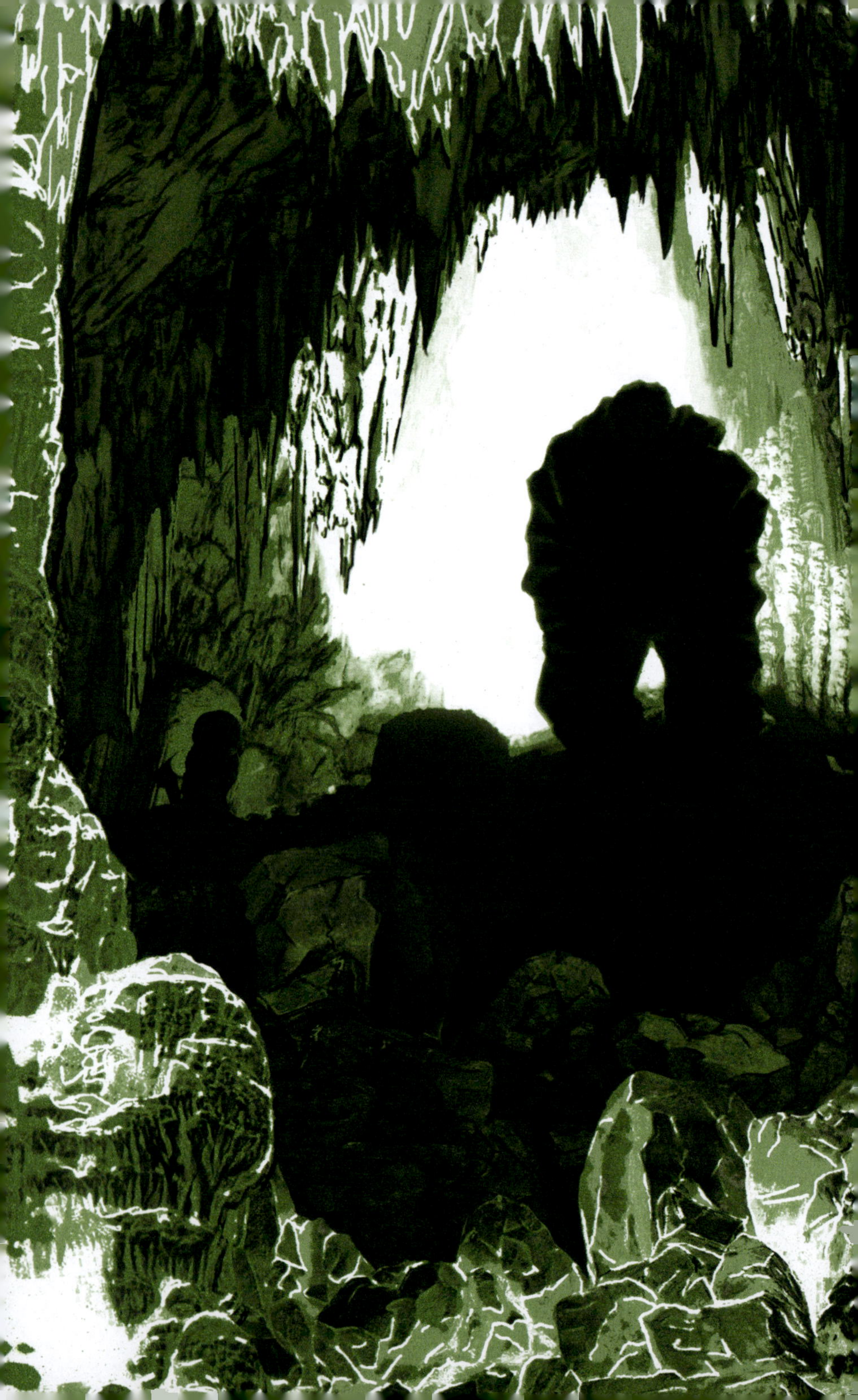

que, mesmo empedernidos e imóveis, os trolls não morram de verdade: podem estar só adormecidos, desejando voltar à vida – ou à *morte-vida*, a *desmorte*. E, se voltarem, terão fome. Muita fome.

Anoitecia quando um estranho ronco ecoou na caverna. Quase ninguém ouviu, pois a entrada se escondia sob arbustos secos, a meio caminho do alto da colina. Era uma área de preservação florestal – embora a floresta, agora, existisse apenas na memória.

Pássaros e pequenos animais nos arredores escutaram o ronco e trataram de sumir. Nunca tinham ouvido nada parecido; contudo, o instinto de cada um transmitiu o conselho ancestral: *fugir. Depressa*. Por isso, quando a criatura que produzira o som afastou os galhos na entrada da caverna e atravessou o arbusto, viu-se absolutamente só.

O segundo ronco soou, e ecoou longe. O dono da barriga que roncava – pois era essa a origem do ruído – relanceou dois olhos imensos e vermelhos pela paisagem.

Conhecia aquela colina. Recolhera-se à caverna para dormir após suculenta refeição, antes que a manhã rompesse. Entretanto, começava a desconfiar de que havia dormido mais do que deveria, pois a paisagem se modificara. Onde estavam as árvores altas que o escondiam, ao surpreender caminhantes perdidos? Onde encontraria a passarada ruidosa, que lhe servia de aperitivo antes de obter carne mais substancial?

Pela terceira vez, o ronco se insinuou no mundo. Pungente. Insistente.

Fome.

O troll olhou ao redor, desolado. A noite que se iniciava lhe revelava um mundo rico de sons e luzes, mas pobre de caça. Farejou o ar: terra, plantas. Carne? Humanos? Animais? Nem sinal.

Viu luzes estranhas ao longe. Assaltou-o a desagradável lembrança de tochas acesas e perseguidores armados de instrumentos cortantes. Mas a fome crescia, e seu estômago roncou pela quarta vez, fazendo o chão tremer até o sopé do morro.

O troll percebeu que o som causava alvoroço na região habitada. Ouviu vozes e divisou vultos na colina; o odor de carne humana era inconfundível. Assim como a intenção deles.

Não levavam forcados ou foices; no ar, contudo, havia medo. E o troll sabia que, se uma pessoa com medo equivalia a uma refeição, muitas pessoas com medo equivaliam a um massacre. Embrenhou-se entre arbustos e troncos da outrora verdejante floresta, afastando-se da caverna que o protegera no último sono. Por séculos, as entranhas daquela colina tinham sido moradia de sua família; haveria outros esconderijos. E nenhum ser humano jamais encontrou um refúgio de troll (se encontrou, não voltou para contar a história).

Enquanto procurava, passos e vozes se tornavam mais audíveis. Na agonia da fome, o troll apanhou tudo que parecia comestível. Frutas, nozes, folhas tenras; não havia muito disso ali, mas o que havia acalmou seu estômago. Queria evitar novos roncos, que atrairiam os humanos com suas tochas (ele não conhecia lanternas).

Uma formação rochosa chamou sua atenção. Lembrou-se de algo... uma história contada por um bisavô. E da sensação desagradável de que não deveria ir por ali. De qualquer forma, não tinha escolha: se passasse a noite a fugir dos humanos, o sol o transformaria em pedra. Se recuasse, daria com o bando de pessoas – de *caçador*, viraria *caça*. Contornou as pedras e pisou em um chão de folhas secas. Que susto! Elas o engoliram. Caiu num buraco e escorregou por estreita rampa, que o levou a uma caverna subterrânea. Despencou sobre mais folhas e se viu cercado pela escuridão.

Aos poucos, seus olhos se acostumaram às trevas, e ele percebeu estranhas paredes de rocha semitransparente. Pareceu-lhe ver manchas escuras movendo-se lá dentro, mas como a visão dos trolls é mais fraca que sua audição, não prestou atenção. Andou pela câmara de pedra tentando recordar as histórias antigas que um dia ouvira. Algo sobre os ancestrais...

De súbito, um ronco profundo, grave, ressoou nas rochas e fez tudo tremer. Perplexo, estacou. O som não era sinal de sua fome: vinha das paredes!

A vibração levantara o pó do chão, quebrara estalagmites, derrubara estalactites. Ecoara por toda parte, como se a caverna inteira fosse uma entidade viva, pulsante.

O troll prestou atenção nos vultos que divisara na transparência das rochas. Precisava entender o que acontecia, ouvir a voz da pedra. Afinal, trolls, montanhas e pedras são parentes, e a linguagem rochosa lhe seria inteligível.

Aproximou-se, inseguro, espanando a terra que cobrira seu corpo e os fragmentos de estalactites que haviam caído, ferindo-lhe a pele. Não eram feridas profundas, mas sangravam.

O sangue dos trolls é brilhante, negro: contém mica e basalto em sua composição. E, quando ele tateou a parede próxima e uma gota de sangue a manchou, algo assustador ocorreu.

Formou-se naquele ponto uma espécie de voragem: a rocha absorveu o líquido vital num redemoinho minúsculo, atraindo para aquele ponto todos os seres misteriosos do lado de lá.

Do lado de lá...

Ele recordou, enfim, as histórias antigas. Diziam que, se os corpos dos trolls viram pedra morta com a ação da luz do sol, seus espíritos podem estar vivos, meio adormecidos sob as rochas-mães, esperando uma oportunidade de escapar e vingar-se dos responsáveis por suas mortes. Ou de quem lhes aparecesse pela frente.

Lembrava-se dos olhos arregalados do bisavô que narrara a lenda. Se trolls são criaturas assustadoras para os humanos, a ideia de encontrar trolls mortos-vivos, famintos há séculos, bastaria para apavorar qualquer um, mesmo um deles!

O cérebro dos trolls não é muito veloz para processar assuntos que não estão diretamente ligados a *arrumar comida* ou *a não virar comida*. Custou um pouco para que ele compreendesse que a situação era complicada. E apertou os olhos, tentando divisar os vultos na semitransparência.

Eram trolls, não restava dúvida. Altos, orelhudos, mãos imensas e bocas escancaradas de fome. Não ostentavam, porém, pele grossa como a dele: por décadas, cada uma daquelas sombras havia acumulado sobre si o pedrisco, o pó, a areia do fundo da caverna, reconstituindo um corpo que já não possuía. O que faltava, então, para que escapassem da prisão rochosa?

Mãos translúcidas tentavam alcançar o ponto em que a gota de sangue criara a abertura.

Sangue!

Era essa a resposta. Seu sangue de troll tinha o poder de libertar os espectros; ele daria forças aos trolls mortos-vivos para fugir do subterrâneo!

Deu um passo para trás. Mais gotas de sangue caíram e foram aspiradas pelo chão faminto, abrindo novas microvoragens. Ele reconheceu algumas das vozes por trás das paredes. Uma parecia a de seu avô, um troll rebelde que se recusava a comer carne e se tornara vegetariano (morrera após ingerir um baobá inteiro). Outra lembrava o saudoso tio-bisavô, que fora transformado em estátua de pedra com mais dois amigos, quando um mago perverso os enganara para salvar alguns anões. Outra voz era igual à maviosa fala de uma fêmea que ele amara na juventude, com quem costumava caçar...

Aterrorizado, percebeu que o vulto mais próximo do primeiro redemoinho, e que agora enfiava dedos fantasmagóricos pelo orifício, tentando ampliar a brecha, tinha olhos esbugalhados. Sua voz atravessava as fronteiras da morte, imiscuindo-se em seu cérebro...

Era o bisavô! Morrera havia muito, muito tempo, jurando voltar e acabar com os humanos que o haviam caçado com tochas, forcados e foices.

Aquelas vozes, e mil outras, ressoavam na caverna, como se cada espectro de um troll morto nos últimos milênios estivesse aprisionado ali, sob as rochas. E agora encontravam um deles vivo, com o desejável sangue negro escorrendo.

Mesmo vagarosa, a mente do troll ferido foi estimulada pelas vozes familiares, assustadoras, reais. *Trolls mortos-vivos precisam de sangue*. Assim que escapassem, empenhados em fugir à morte, cairiam sobre ele até sugar todo o líquido que o mantinha vivo. *Desmortos*, escapariam da caverna – já estavam mortos mesmo, por que temeriam a luz do sol? – e sairiam pelo mundo em busca de carne.

Humana.

E quanto a ele? Será que morreria e se tornaria um deles?

A ideia não o agradava. Começou a recuar, tentando voltar à entrada da caverna. Porém fazer isso no escuro não era fácil; ao buscar o caminho e fugir às vozes, que reverberavam dentro de sua cabeça, ele tropeçou numa rocha solta e, num tombo apoteótico, despencou no chão.

Paredes racharam, mais uma nuvem de pó de pedra subiu, as construções nas cidades próximas tremeram – provavelmente um *tsunami* inundou o outro lado do mundo –, mas isso não foi o pior. Caído, o troll viu os pequenos redemoinhos nas paredes se abrirem em rachaduras. Lentamente, pelos orifícios saíram fragmentos diáfanos, gelados, indistintos. O remanescente das consciências tróllicas... E vinham para cima dele, sedentas de seu sangue!

O troll recuou como pôde, arrastando-se, engatinhando. Cada gota de sangue que pingava de seus ferimentos era absorvida pelas coisas gélidas que se aproximavam.

Ao ver o buraco por onde entrara, parou. Lá de fora vinham outros sons, não menos ameaçadores: podia ver, através dos arbustos que ocultavam a entrada, as luzes dos humanos. Eles haviam subido a colina em busca da origem dos tremores de terra.

Tochas, foices e forcados de um lado. Espectros de mortos-vivos do outro. O que fazer?!

O troll parou, esforçando-se para pensar em uma saída. Nova ideia o atingiu, vinda de outra lembrança de infância, mais uma lenda antiga que uma tia-avó contara. Havia uma palavra estranha nela: *mimetismo*. Ele não sabia o que era isso, mas sabia que tinha algo a ver com esconder-se. Disfarçar-se!

O troll olhou o chão. Quis ser chão. Sentiu-se chão.

E quando, lá fora, as pessoas chegaram ao esconderijo e, lá dentro, os espectros chegaram à boca da caverna, não havia ali nenhum troll. Somente o chão, imóvel...

Ele não tinha, na verdade, se tornado pedra; estava apenas disfarçado de chão e conseguia ver tudo ao redor. Lá em cima, humanos afastando-se. Lá embaixo, fragmentos de consciência de mortos-quase-vivos sendo puxados de volta às paredes.

Ninguém percebeu o troll mimetizado brincando de ser chão.

A noite se transformou em madrugada; logo seria dia. Os espectros, sem encontrar mais o sangue, sua fonte de energia, recuaram para trás das pedras semitransparentes. Voltaram a dormir o sono das coisas mortas. Os habitantes da cidade, não vendo nada estranho na colina, esqueceram os tremores de terra e se foram.

Pela manhã, o sol inundou a região e o troll dormiu. Como a luz não entrava no esconderijo, continuou sendo chão sem susto algum. Só acordou quando o poente inundou o horizonte e veio a noite. Ainda tinha sono, porém a fome falou mais alto e o ronco no estômago o salvou.

Ao sentir-se sacudir pelo ronco, que fez estremecer a caverna e trouxe de volta a recordação de tudo o que acontecera, ele se lembrou de que era um troll das montanhas.

E, assim que não pensou mais em ser chão, não mais o foi.

O troll se levantou. Olhou em torno. As vozes haviam cessado, as paredes estavam imóveis. Não viu espectros nem pessoas a caçá-lo. Estava salvo.

Saiu da caverna e olhou a noite. Deu umas voltas para ver se flagrava alguém que pudesse ser capturado e devorado, mas nada encontrou. Pássaros e pequenos animais só voltariam à área de preservação quando seu instinto mandasse.

O troll percorreu os caminhos da mirrada floresta, que tempos atrás fora tão rica em alimento. No desespero da fome, apanhou mais frutas, nozes, folhas; saboreou, mastigou, engoliu.

Não tinha a intenção de virar vegetariano, como o avô que engolira o baobá; mas o alimento encontrado na colina seria suficiente para acalmar seu estômago e impedir novos roncos.

Quando seus ossos rochosos pressentiram a aproximação do amanhecer, buscou arbustos secos que poderiam ocultar mais um esconderijo de troll. Deu com uma gruta menor que as outras, profunda, escura. Sem paredes semitransparentes ou vozes de trolls mortos.

Sim. Aquele lugar serviria. Tiraria um curto cochilo e, assim que o dia se fosse, sairia em busca de caça. De carne. Da próxima vez, nada o deteria...

O sono veio rapidamente.

Mas não se sabe quanto tempo irá durar...

Se em sua cidade há uma colina, em alguma área de preservação florestal, cuidado! Pode ser que, nas grutas subterrâneas, durmam trolls. Mesmo em florestas que existam apenas na memória podem esconder-se, nas profundezas, criaturas apavorantes – até para seres fantásticos, parentes das pedras.

E acordá-los é algo muito, muito perigoso.

Histórias assustadoras são parte da minha vida desde que, criança, eu ouvia minha mãe e minha avó contá-las. Nada era mais terrível que imaginar João e Maria perdidos, sem poder voltar para casa, ou um flautista que encantava pessoas com sua música e as levava para dentro das entranhas da terra...

Quando aprendi a ler, fui às bibliotecas em busca de mais histórias. E, depois que me tornei escritora, sempre me mantive fiel aos monstros, dragões e seres malignos que conheci nos livros. Gosto de escrever sobre assuntos variados; mas os medos, os sustos, os perigos continuam sendo um ingrediente constante nos meus textos.

Hoje, que tenho mais de 25 anos de carreira e publiquei mais de cem livros para jovens leitores, ainda busco esse tempero aterrorizante que dá sabor à escrita. Quem não gosta de sentir um pouco de pavor quando lê um livro?

Se você também gosta, dê uma olhada no blog, onde há algumas resenhas do que eu escrevo: rosanariosliterature.blogspot.com.

Pode olhar sem medo! Meus personagens não saem das histórias para a vida real... ainda.

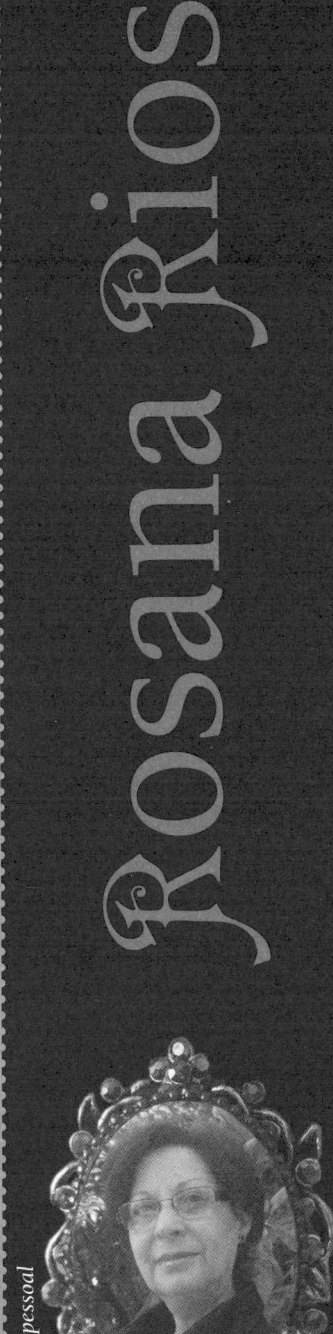

Rosana Rios

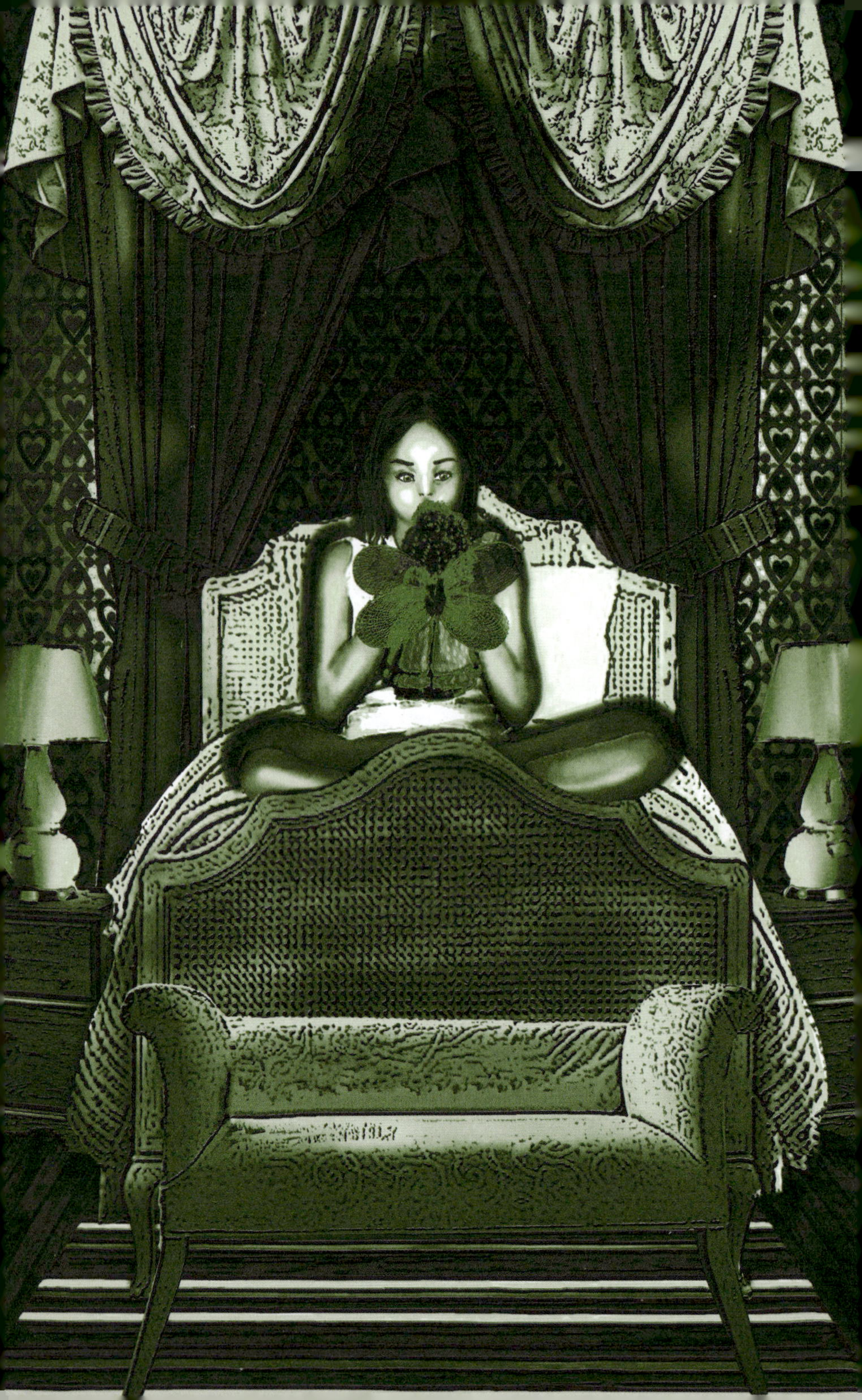

Shirley Souza

Conto de fadas

Era uma vez uma menina que não vivia em um reino distante, nem tampouco era uma princesa, apesar de ainda ter um vestido de Cinderela guardado em algum canto do guarda-roupa.

Vitória era o seu nome, e o seu conto de fadas aconteceu em um baile, tão bonito quanto aqueles das histórias dos livros... Mas, para você entender como tudo se deu, precisamos voltar no tempo, alguns meses apenas, para o dia em que a menina fez aniversário e decidiu que não era mais criança.

— Chega de cor-de-rosa! Chega de bonecas e desse jeito de menininha! — sentenciou para si mesma.

Vitória realmente conseguiu mudar muita coisa. Guardou todas as bonecas que enfeitavam as prateleiras do seu quarto no maleiro, lá no alto, para serem esquecidas.

Os livros de contos de fadas seguiram o mesmo caminho. Encaixotados e enfiados na parte mais alta do armário.

Todas as peças de roupa cor-de-rosa foram colocadas em uma sacola para serem doadas.

Era um bom começo. Agora faltava o beijo.

As amigas concordavam: Vitória só deixaria de ser uma menininha quando desse seu primeiro beijo. Afinal, a turma inteira já tinha beijado havia muito tempo. Só faltava ela!

E aí estava o maior problema.

Acontece que Vitória sempre sonhou com o beijo de um príncipe encantado, feito princesa encastelada, presa no alto da mais alta torre.

Sabia que isso era ridículo. Não fazia sentido acreditar em príncipes, princesas, bruxas, fadas, dragões... Seu tempo de criança tinha ficado para trás.

Saber ela sabia, mas sentir... Vitória continuava sentindo que seu primeiro beijo seria tão mágico quanto os dos contos de fadas. Que mal havia em ser romântica? O difícil seria continuar aguentando a pressão das amigas e esconder de todas esse desejo.

No dia seguinte, percebeu que a mudança não fora tão profunda quanto esperava. Não se via tão diferente quanto queria. Olhava no espelho e encontrava a mesma Vitória de sempre.

Chegou em casa depois de uma manhã cansativa na escola, com direito a prova de matemática e a debate de história. Foi para o quarto esperar o almoço ficar pronto e atirou-se na cama de tênis e tudo... A mochila acabou jogada num canto, no chão.

— Ai! – gritou. Alguma coisa, enfiada debaixo do travesseiro, espetou sua cabeça.

Antes de ver o que era, riu, lembrando-se da ervilha escondida sob muitos colchões e que tanto incomodara uma princesa delicada em um conto de fadas.

Uma fadinha! Sob o travesseiro estava uma boneca. Era uma fada pequena, frágil, vestida de verde, com asas transparentes e olhos arregalados, azuis... azuis arregalados.

Não entendeu como a fada fora parar ali. Tinha colocado toda a coleção de bonecas nas caixas... Será que essa sobrou, esquecida?

Vitória segurou a pequena fada nas mãos, pensando se valia a pena pegar a escada, na lavanderia, para apanhar uma das caixas lá, no alto do armário, e guardar a fadinha.

– Muito trabalho! – respondeu para si mesma, indecisa.

A mãe avisou que o almoço estava servido antes que ela se decidisse.

Vitória quis saber se a mãe tirara a boneca do maleiro e a colocara em sua cama. Não, ela não fizera isso. A mãe até havia gostado da ideia de guardar todos os brinquedos. Menos coisas para limpar...

Depois do almoço, Vitória colocou a fadinha na gaveta de sua escrivaninha. Ela estava com preguiça, não queria fazer nada. Ali, na gaveta, a boneca estaria bem guardada. Pelo menos até criar coragem de mexer naquelas caixas de novo.

Passou a tarde na frente do computador, batendo papo com os colegas de sempre, ouvindo música, nada de muito interessante... até ele aparecer.

Um pedido para ser adicionado como amigo. *Jean Paul. Nome de príncipe.* Riu ao pensar assim.

– Preciso parar com isso! Príncipes encantados não existem... – bronqueou consigo mesma.

A foto de Jean Paul era de arrepiar. No bom sentido. No ótimo sentido! Ele parecia ser lindo.

O estranho era que ele não tinha nenhum amigo em comum com ela. Surgiu do nada. Vitória pensou por uns dez segundos antes de adicioná-lo e, instantes depois, estava no melhor bate-papo da sua vida.

Parecia precipitado, mas, depois de uma hora teclando, Vitória tinha certeza de que, no mundo inteiro, Jean Paul era a pessoa que mais se assemelhava a ela: gostava das mesmas músicas, comidas, livros, filmes; tudo. Era como se fossem próximos há séculos! Almas gêmeas.

Nenhuma de suas amigas tinha tantas semelhanças com ela quanto Jean, ninguém a compreendia tão bem.

À noite, deitada em sua cama, esperando o sono chegar, Vitória recordava com prazer cada frase teclada por ele.

Esse lembrar e relembrar, de repente, trouxe uma sensação estranha para a menina. Ela começou a achar esquisita toda aquela situação vivida. Jean Paul era perfeito demais. Aparecera do nada... Conversava como se a conhecesse há muito tempo...

Ficou empolgada na hora. Porém, pensando com calma, era bizarro ele saber de certas coisas, como o fato de ela ter uma irmã mais velha, ou de ela ter guardado as bonecas no dia anterior... Ele não afirmara assim, direto. Fora algo como:

"É tão chato ser sozinho. Eu ia gostar de ter uma irmã."

"Você fez aniversário ontem? Então já guardou todas as bonecas no guarda-roupa?"

Podia ser apenas coincidência, mas ainda assim era intrigante. E quando ela perguntou como ele sabia daquilo tudo, ele respondeu:

"*Ah! Uma fadinha me contou...*"

Se sua mãe descobrisse aquela situação, mandaria ela tomar cuidado, porque na internet muita gente não é o que diz ser. Tinha ouvido isso tantas vezes! Pensou se Jean Paul poderia ser alguém conhecido, zombando dela. Porém, ninguém sabia da sua decisão de guardar as bonecas... Lembrou-se de alguns filmes que assistira, em que a pessoa era espionada pela câmera do computador, e ficou com um pouquinho de medo. Avaliou se deveria conversar com a mãe sobre tudo aquilo. Com certeza levaria uma bronca por ter adicionado como amigo alguém que não conhecia... Decidiu que o melhor era não contar para ninguém. Afinal, que mal tinha teclar com um desconhecido? O que poderia lhe acontecer? Nada. Estava segura em sua casa.

Vitória adormeceu e sonhou que era despertada de um sono de cem anos, pelo beijo de um príncipe que tinha o rosto de Jean Paul. Acordou, no dia seguinte, com um sorriso besta na cara e, olhando no espelho, perguntou a si mesma:

– Por que não?

A manhã passou rápida e sem nenhum fato que tivesse merecido um olhar mais atento. Os acontecimentos formavam um borrão em sua mente, com cenas misturadas e indefinidas. Não tinha prestado atenção em absolutamente nada. Era como se estivesse meio que flutuando desde que acordou. Apesar de ter vontade de contar tudo para as amigas, manteve segredo sem saber direito o motivo. Sentia que falar de Jean Paul diminuiria seu encanto, sua magia.

Quando chegou em casa, correu para o quarto. Queria ligar o computador e ver se ele estava on-line. Ficou intrigada ao ver a fadinha, aquela que enfiara na gaveta no dia anterior, comodamente sentada em frente ao monitor, como se olhasse para ela com aqueles olhos azuis arregalados.

Apanhou a boneca nas mãos e a observou por uns instantes, pensativa. Se não era a sua mãe quem estava mudando aquela fadinha de lugar, só havia uma explicação: Sofia, sua irmã, tinha entrado em seu quarto enquanto ela estava na escola. Sofia estudava à tarde e, durante a semana, as duas não se viam ao longo do dia. Precisaria esperar a irmã voltar para saber o motivo de ela invadir o seu espaço e mexer em suas coisas. Guardou o brinquedo novamente na gaveta e foi procurar seu príncipe na internet.

Jean Paul não estava conectado, mas havia deixado uma mensagem para ela: *"Predestinados. Sempre gostei desta palavra. E você? Nosso encontro parece coisa de contos de fadas. Então, que elas, as fadas, nos guiem."*

Ela sorriu. Tirou a fadinha da gaveta. A pequena merecia ficar ali, sobre a escrivaninha... Quem sabe não seria um amuleto de sorte para seu romance? Afinal, foi ela aparecer em sua cama para Jean Paul entrar em sua vida.

Almoçou de bom humor e até esqueceu-se de perguntar para a mãe se Sofia havia entrado em seu quarto. Que importância tinha isso? Estava feliz demais para preocupar-se com bobagens!

Naquela tarde, ficou conectada sem prestar atenção em nada, sem querer conversar com os amigos, sem ouvir música... ansiosa, esperando por ele.

Navegava a esmo, torcendo para que Jean aparecesse logo. E, quando isso aconteceu, foi como se estivesse frente a frente com ele: o coração acelerado, batendo forte no peito, a boca seca, a vontade de rir à toa.

Conversaram por horas, sem parar. Um inteiramente entregue ao outro. A sensação de que se conheciam começava a se transformar em certeza. Ele sabia de detalhes sobre sua vida e isso a deixava um pouco amedrontada, e deslumbrada também. Em tom de brincadeira, perguntou como ele a espionava, e a resposta foi a mesma do dia anterior:

"*Uma fadinha me conta tudo sobre você!*"

Vitória, naquele momento, encarou a boneca sentada à sua frente, como que a observá-la com os olhos azuis arregalados, e sorriu.

– Bom trabalho, menina! – falou para a boneca.

O passar dos dias fez Vitória e Jean Paul cada vez mais encantados um com o outro, cada vez mais ansiosos por se falarem, ambos prometendo guardar segredo sobre seus encontros virtuais, temendo que a magia desvanecesse com as opiniões dos amigos ou dos familiares.

Depois de conversarem por vídeo, os receios de Vitória se desmancharam e ela ficou ainda mais fascinada: ele era igualzinho à fotografia! A voz doce, o brilho de seus olhos claros, o jeito suave com que dizia seu nome e a chamava de princesa... tudo nele era perfeito.

Ela não se envergonhava mais de pensar daquela forma, conhecera seu príncipe, tinha certeza disso. Agora, sabia que os contos de fadas realmente acontecem com algumas pessoas.

Vitória queria muito ter um encontro real com Jean, ansiava por estar com ele, abraçá-lo e, provavelmente, deixar acontecer seu primeiro beijo.

A oportunidade veio como nos melhores contos de fadas: com um baile. Aquele baile em que a história dessa menina realmente aconteceu.

Sofia celebraria seus 15 anos com uma tradicional festa de debutante. Vitória estava tão ansiosa quanto a irmã, mas logo a festa perdeu toda a graça: Sofia não quis que ela dançasse a valsa, por ser muito pirralha; não deixou que convidasse suas amigas, porque a festa era dela. E Vitória até pensou em não ir ao baile, mas percebeu que era a circunstância ideal para encontrar-se com Jean Paul.

Com a ajuda da mãe, convenceu a irmã a deixá-la levar um "amigo da escola". Precisou dar o nome de Jean Paul para colocar na lista de convidados e aguentou em silêncio as gozações de que estava namorando escondido, e com alguém de nome estranho.

Feliz, contou para Jean a notícia, e ele adorou a ideia de conhecer sua princesa em uma festa como aquela. Os dois concordaram que seria perfeito! Romântico como nas histórias dos livros.

E Vitória preparou-se para o baile com todo o carinho que existia dentro de si.

Os cabelos longos, lisos e perfumados. O vestido azul, em um tom suave, rodado como os das princesas dos livros. O colar de pérolas, tão delicado. Os sapatos de salto alto que a deixavam mais distante da menina que fora, um pouco mais confiante.

Na festa de Sofia, Vitória esperou por Jean Paul. Esperou e desesperou...

A valsa tinha acontecido, a festa havia agitado e nada de seu príncipe chegar. Vitória entristeceu, perdeu o brilho e escondeu-se em um canto escuro do salão. Ficou lá por muito tempo, desejando não existir.

— Por que minha princesa está tão triste?

Era ele. O coração de Vitória disparou. Ela não conseguiu falar nada. Apenas sorriu, lindamente.

Jean Paul estava ali. Estendendo a mão para ela.

— Vamos para o jardim? — ele a convidou. — Aqui está muito barulho... não dá para conversar direito.

Saíram e deixaram-se encantar com a lua cheia, que iluminava tudo de um jeito mágico.

Vitória falava pouco, permitindo-se envolver por Jean, que estava desinibido, sorrindo, conversando.

Seu jeito de se expressar, mexer os braços, olhar, mostrar o quanto sabia sobre ela, a fascinava. Encantador.

Uma música suave começou a tocar e Jean tirou Vitória para dançar, ali mesmo no jardim, sob o luar.

Risos nervosos, desencontro nos braços, levando os corpos a se unirem e Vitória sentir que estava sonhando, flutuando. Olho no olho. Os rostos se aproximando, lentamente, muito lentamente, até os lábios quase se tocarem.

Os lábios, finalmente, se encontraram, e a sensação foi intensa. Para Vitória, foi como se ela se ligasse a Jean Paul... para sempre. O beijo parecia não ter fim, e ela não queria que tivesse um fim.

Porém algo não é o que parece neste conto de fadas.

Vitória começou a sentir-se estranha. Um gosto horrível invadiu sua boca... um sabor podre, algo que não deveria fazer parte de seu primeiro beijo. Ela abriu os olhos e viu Jean observando-a, com o olhar branco, vazio, sem brilho, sem cor, sem vida.

Tentou se desvencilhar, debateu-se com violência, mas o abraço de seu príncipe não afrouxou. Prisioneira de um beijo, Vitória desesperou-se e sentiu suas forças diminuírem, como que sugadas por Jean, por aquele gosto terrível de morte, que era a cada instante mais intenso.

Naquele canto do jardim, a menina caiu. Jean a segurou, com suavidade.

O beijo se desfez.

– Obrigado, minha princesa – ele disse, colocando delicadamente o corpo quase sem vida no chão e afagando vagarosamente seus cabelos.

Ajoelhou-se e apoiou a cabeça de Vitória em seu colo, com ternura.

A menina esforçava-se para manter seus olhos abertos. Não conseguia entender o que estava acontecendo, tentava gritar, mas nenhum som saía de sua boca. Uma lágrima escorreu por seu rosto, seguida por outras, num choro silencioso e desesperado.

– Não chore, minha princesa. Seu amor foi puro e me alimentará por um bom tempo. Há muitos séculos eu também sonhei com o meu primeiro beijo, com uma princesa igual a você. Foi quando, de verdade, eu era um príncipe como aquele que você desejou – ele contou baixinho, próximo a seu ouvido. – Mas eu não conquistei o coração de minha amada e morri, de amor, talvez...

Jean Paul sorriu de um jeito sinistro e foi colocando a cabeça de Vitória no chão. Abandonando-a. Continuou falando com doçura:

– Uma fada, que tinha acompanhado toda a minha trágica história, me trouxe de volta do reino dos mortos. Uma fada a quem você conhece bem.

Vitória pareceu compreender o que acontecera, porém tarde demais.

– Mas eu não voltei completo, Vitória. Como em vida, continuo precisando do beijo apaixonado de uma princesa para satisfazer meu corpo e minha alma. Estou contando isso para que compreenda que não morrerá em vão, minha princesa. Você me deu o seu primeiro beijo, e o seu último, também. Obrigado.

Vitória sentia que, a cada instante, era mais difícil respirar. O rosto de Jean lhe parecia, agora, um vulto embaçado.

– De alguma forma, Vitória, estaremos juntos para sempre... Como nos contos de fadas.

Desfalecida no chão, a menina não viu Jean Paul afastando-se pela rua escura.

Ninguém notou aquele príncipe indo embora, agradecendo a uma fadinha, pousada em seu ombro. Estava grato por ela ter encontrado aquela princesa. Delicadamente, acariciou a fada, pequena, frágil, vestida de verde, com asas transparentes e olhos arregalados, azuis... azuis arregalados.

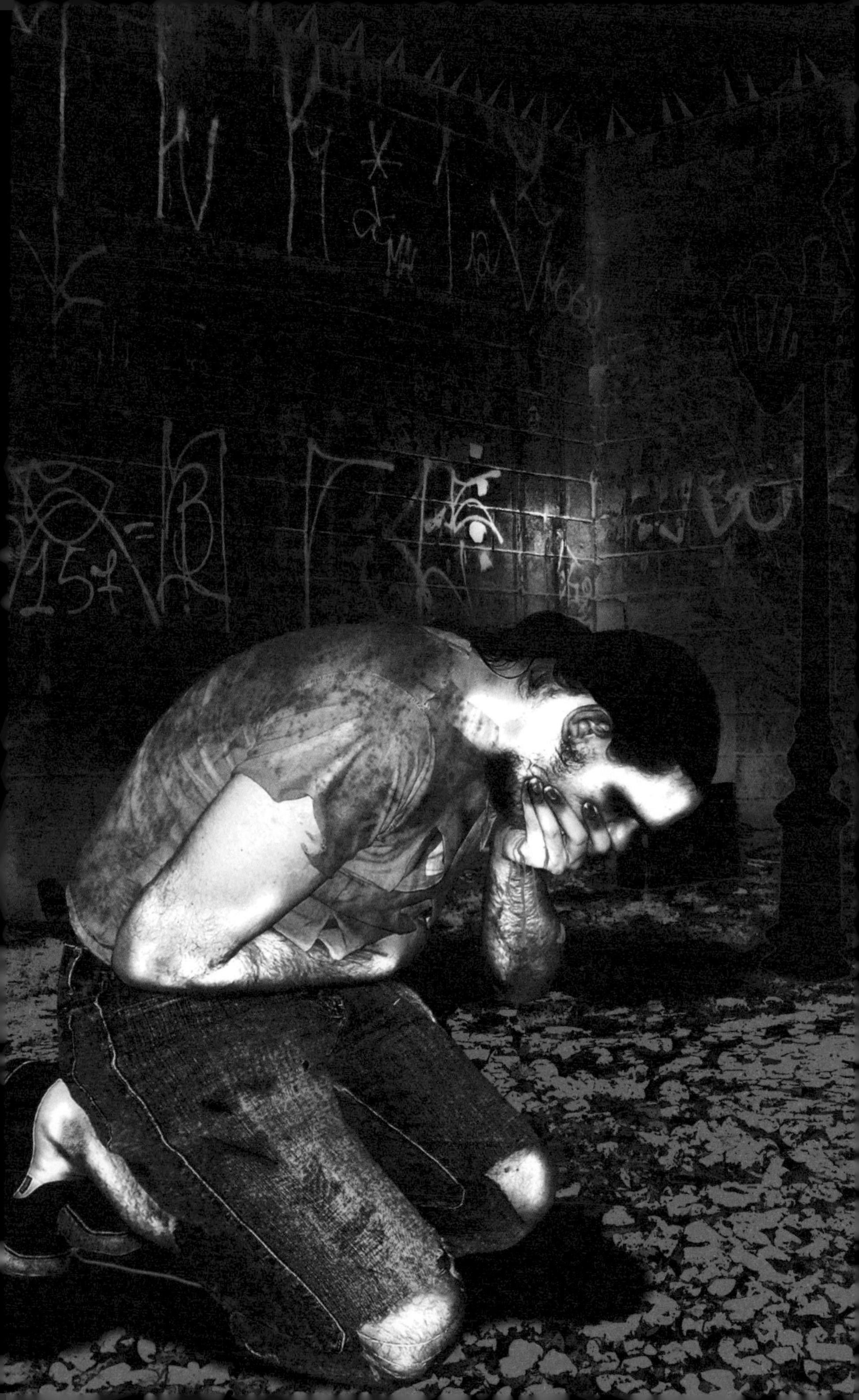

Shirley Souza

Eu posso senti-lo

—Eu posso senti-lo. Eu posso sentir o seu sabor.
Semanas depois de devorar sua vítima, Matheus ainda a sentia, dentro de si. Não era uma sensação boa. Servia como um lembrete de sua condição: um morto-vivo que precisava de carne humana, sangue ainda quente, coração pulsando... Somente isso aplacava sua fome e evitava que seu corpo se deteriorasse.

Matheus tinha consciência de sua história e de cada um de seus atos, de cada assassinato que cometera. Lembrar era a sua maldição.

Após morrer, conseguiu a permissão de voltar para o mundo dos vivos. Desejava vingar-se. Matheus fora assassinado, empurrado pelas costas do alto de uma cachoeira.

Ao se ver morto, não aceitou. Queria descobrir seu assassino e ter o sangue dele em suas mãos. Só assim descansaria.

Mas nem todas as opções são dadas aos mortais.

Desejava voltar para vingar-se? Sim, era possível.
Queria descansar após concluir sua vingança? Infelizmente, não poderia acontecer.
Em troca da possibilidade de regressar ao mundo dos vivos, deixaria sua humanidade para trás. E, ao conquistar sua vingança, perderia sua alma.
Matheus aceitou as condições. Valeria a pena.
Porém, quando, à luz da lua cheia, se viu saindo da cova em que fora enterrado, com o corpo um tanto decomposto e com insetos e vermes alimentando-se dele, teve dúvidas sobre sua escolha.
Sentiu fome, uma fome insana.
Sem pensar, matou o vigia do cemitério. Saboreou a carne, bebeu o sangue com avidez. Saciou-se, com violência e prazer. Contudo, ao se dar conta do que havia feito, não ficou bem.
Percebeu, naquele momento, que a vítima permanecia presente dentro dele, seu gosto o acompanhava e o lembrava a cada instante de que era um assassino, um morto-vivo que matava humanos para se alimentar. Isso passou a atormentá-lo profundamente, dia após dia. Desejava não ter consciência de seus atos.
Com sua primeira refeição, descobriu que a carne humana, o sangue, as suas entranhas faziam seu corpo regenerar-se. Poucas feridas permaneceram abertas, poucos sinais de putrefação podiam ser vistos.
Ainda assim, sabia que não poderia andar à luz do dia. Bastava olhar para suas mãos e seus pés arroxeados e inchados para compreender que sua aparência não era próxima à dos vivos.

Concluiu que precisaria seguir à noite, nas sombras, e esconder-se durante o dia. E assim fez, de início com dificuldade, mas logo soube como encontrar galerias de esgoto, cemitérios, galpões abandonados, lugares onde podia esperar em segurança pela escuridão e, nela, deglutir tranquilamente suas vítimas.

Cautelosamente, escolhia-as entre pessoas que dificilmente seriam procuradas: mendigos, viciados em drogas, seres humanos esquecidos pela sociedade.

Em pouco mais de duas semanas, foram quatro caçadas e todas aquelas pessoas podiam se fazer sentir no paladar de Matheus e em sua consciência, como um peso incômodo. O prazer de devorá-las alternava-se com a culpa por ser o que era.

Matheus seguia sem saber como descobriria seu assassino. Apenas obedecia a um estranho chamado, indo sempre na mesma direção, sem imaginar o que encontraria.

Após alguns dias, viu-se diante da casa de Yuri, amigo de infância, que para ele era mais que um irmão. Nessa noite, confirmou uma realidade perturbadora: não despertara logo após sua morte; alguns anos haviam se passado. O pior foi descobrir isso vendo o amigo casado com Pâmela – a antiga namorada de Matheus – e brincando na sala com o filho que tivera com ela, um menino de uns três anos de idade, talvez pouco mais.

Ao encontrar a família perfeita, em uma casa da periferia, reunida para o jantar, Matheus sentiu um ódio intenso. Censurou-se, pensando que devia estar feliz por eles. Afinal, a mulher que amava casou-se com seu amigo mais querido. No entanto, não sentiu nada além de ódio e uma estranha vontade de ferir Yuri.

Observou os três longamente pela janela, querendo partir dali, mas sentindo-se preso. Era como se precisasse assistir àquilo, mas não compreendia a razão.

Sabia que a carne de seu assassino seria a única que aplacaria sua fome de forma prazerosa e completa, acabaria com a dor e o transformaria em um ser diferente, sem arrependimentos. Consciente disso, não entendia por que não conseguia continuar sua busca. Cogitou se precisaria da ajuda de Yuri para tanto, mas temia a reação do amigo ao revelar-se – e temia a sua própria reação.

Matheus afastou-se daquela família, mas percebia que eles faziam parte de seu plano de vingança. Era a necessidade de vingar-se que o mantinha neste mundo e tornava possível sua morte-vida.

Um dos instintos mais fortes em todos os seres é o de existir, o de sobreviver em qualquer situação. Matheus não fugia à regra.

Ele não deixaria de existir apenas para que Yuri continuasse usufruindo de sua vida tranquila, com uma família amorosa, ignorando o seu martírio. Era algo mais forte que sua culpa, ou o temor de apavorar o antigo amigo. Mais cedo ou mais tarde, deveria aproximar-se de Yuri e descobrir o que os unia, o que o prendia ali.

Por meses, vagou indeciso nas sombras da noite. Rondando, como um animal que observa sua caça, mas sem coragem de atacar. Começava a perceber que não desejava simplesmente ferir Yuri, queria devorá-lo e temia não resistir por muito tempo.

Quando a fome o dominava, Matheus a saciava sem os cuidados do início, matando quem fosse um alvo fácil, sem pensar nas consequências, arriscando ser descoberto. Talvez desejasse exatamente isso, ser descoberto e destruído, antes que fizesse mal às pessoas que amara em vida.

Um estudante que voltava tarde da escola, correndo em uma noite chuvosa.

Uma adolescente que passeava sozinha com seu cachorro por ruas pouco iluminadas.

Uma mulher que retornava apressada, depois de um longo dia de trabalho, e decidira cortar caminho por um terreno baldio.

Um menino que teimou em andar de bicicleta até anoitecer na praça vazia e escura.

Nenhum deles regressou para casa.

Todos tornaram a morte-vida de Matheus possível, prazerosa, porém mais recheada de culpa.

— Eu posso senti-los. Eu sinto o sabor de todos vocês! — Matheus sussurrava na escuridão, como que agradecendo a suas vítimas.

A cada pessoa que devorava, reacendia a consciência da necessidade de encontrar seu assassino e de acabar com todas aquelas lembranças, aquele peso que só fazia crescer.

Por mais que sofresse, sabia que pior seria deixar de matar, de alimentar-se, e permitir que a morte dominasse seu corpo, o deteriorasse aos poucos, apodrecendo-o dia após dia, causando uma dor insuportável.

Em pouco tempo, os moradores da cidade comentavam o desaparecimento de pessoas na região e já não se sentiam seguros para transitar sozinhos após anoitecer, evitando essa situação.

Para Matheus, ficou mais difícil permanecer ali. Precisava buscar seu alimento em lugares distantes. E quando menos esperava, via-se novamente defronte à casa de Yuri, observando aquela família e desejando sentir o seu sabor. Quando se percebia assim, odiava ser o que era.

Matheus fazia força para seguir em frente, recusava-se a atacar Yuri. Agia de forma a provocar o destino, expondo-se cada vez mais, ao andar por bairros movimentados e iluminados, arriscando ser descoberto.

Foi em uma noite sem lua que Yuri discutiu com Pâmela. Para esfriar a cabeça, ele saiu de casa decidido a andar até esquecer o conflito.

Matheus não tinha ido caçar. Estava de vigília, sentindo o chamado de sua prometida e protelada vingança, sendo atraído para perto do amigo.

Yuri andou pelas ruas em uma caminhada lenta, fumando um cigarro atrás do outro. Matheus o seguia de perto, resistindo ao pedido de ataque que seu corpo fazia.

Foi próximo à praça escura e abandonada, onde Matheus já capturara um garoto, que Yuri parou.

— Se você quer me assaltar, se deu mal. Não tenho dinheiro nem celular... – falou, sem olhar para trás, e Matheus entristeceu-se ao perceber no amigo a arrogância que esquecera existir.

— O que me interessa em você está sempre com você... – Matheus surpreendeu-se com a própria resposta. – Não vai cumprimentar um velho amigo, Yuri? – falou sem saber o que faria em seguida.

Yuri permaneceu imóvel. Sentiu um frio inexplicável naquela noite morna de primavera. Não seria possível. Seria?

— Matheus?! — perguntou, reconhecendo a voz do colega morto e sentindo o medo crescer ao pronunciar seu nome.

O silêncio fez com que Yuri, vagarosamente, se virasse. Torcia para tudo ser imaginação, alucinação, uma bobagem qualquer.

Contudo, o que viu o fez empalidecer e ter uma sensação ruim, nunca experimentada antes.

Em sua frente estava Matheus, a pouco mais de cinco metros de distância, de um jeito que não era para estar. Em pé, com os olhos esbranquiçados, roupas esfarrapadas e sujas, a pele escurecida. Um cheiro de putrefação se desprendia dele e chegava até Yuri, carregado pelo vento.

E Matheus sorria... um sorriso que fez Yuri desejar correr. Porém, ele não conseguiu. Seu corpo não lhe obedeceu.

— O que houve com você, Matheus? — perguntou, trêmulo, temendo ouvir a resposta.

— Eu voltei. Retornei do mundo dos mortos — falou, sem qualquer emoção, observando o antigo companheiro e buscando identificar o que havia de errado com ele.

Yuri riu, nervoso, não querendo acreditar, tentando convencer-se de que nada daquilo realmente acontecia.

— Por que você voltou, Matheus? — questionou, num fio de voz.

O morto-vivo calou-se. Deveria responder com a verdade? Pensou se não seria melhor dar meia-volta e desaparecer na escuridão da noite sem lua, antes que não conseguisse mais se controlar e saltasse sobre seu quase irmão, como uma besta.

Yuri conhecia Matheus. Conhecia bem demais e percebeu a hesitação dele. A estranheza de vê-lo morto e vivo ao mesmo tempo não superava o fato de que aquele continuava a ser Matheus.

— Por que estava me seguindo?

Matheus não respondeu. Continuava intrigado, sentindo que o amigo o atraía por alguma razão.

— Se não vai dizer, é melhor voltar para debaixo da terra e apodrecer em silêncio! — Yuri falou alto, em tom de ameaça, percebendo o seu medo derreter. Não tinha um motivo sequer para temer alguém que em várias situações dominou em vida, que se mostrou fraco em diversos momentos como aquele.

Matheus continuava parado, observando Yuri e começando a entender por que não conseguia afastar-se dele. Sentia o cheiro do amigo e, pela primeira vez, sentia o sabor, antes mesmo de devorar a vítima. E esse sabor apagava todos os outros que insistiam em permanecer em seu paladar. Era algo forte demais, capaz de se fazer único, irresistível.

— Não bastou mandá-lo embora uma vez, Matheus? — Yuri falou, cheio de ódio. — Será que vou precisar enviar você de novo para o inferno? Você quer que eu o mate novamente, é isso???

Yuri não teve tempo de ver que Matheus sorriu. Também não conseguiu reagir.

Em um salto, apenas um salto, Matheus venceu a distância que o separava de seu assassino. Um único golpe e Yuri estava desacordado, no chão.

Desejava saboreá-lo com calma.

Pela noite escura, Matheus carregou Yuri. Percorreu as ruas mais sombrias, as vielas mais vazias, até chegar ao cemitério, distante de tudo, onde fora enterrado. Pensou que aquilo era bem adequado.

Jogou Yuri no chão e o arrastou até seu túmulo, lá no fundo, na parte pobre e esquecida do cemitério.

Desde o desaparecimento do vigia noturno, alguns meses antes, quando acordou de sua morte, o lugar permanecia abandonado, sem preencher a vaga de quem fizesse a ronda e garantisse a segurança dos mortos.

Quando percebeu que sua refeição acordava, sentiu-se satisfeito. Não falou, não queria conversa com a comida.

Agiu.

Amarrou seu assassino a uma lápide de pedra, enfincada firmemente na terra seca. Não precisaria se preocupar, poderia fazer tudo com calma... ele não fugiria.

Matheus matou Yuri aos poucos.

Arrancou um de seus braços primeiro e o saboreou, enquanto Yuri se debatia e gritava. E, enquanto o devorava, perdia a consciência de si mesmo, deixava de ser Matheus e tornava-se uma criatura diferente. Libertava-se das memórias, da culpa e apenas alimentava-se de sua caça, com imenso prazer.

Depois de longas horas, o sofrimento acabou.

Quando Yuri deixou de existir, também Matheus não existia mais.

Em seu lugar restou um morto-vivo sem alma, um ser das trevas perdido no mundo dos humanos.

Dormiu, dentro de um mausoléu, por algumas noites, tranquilo e saciado.

Acordou transformado em uma criatura sedenta de vida, de carne e de sangue, e que não mais se recordaria das mortes que iria provocar, mas capaz de sentir suas vítimas se revelando, chamando por ele.

Na escuridão, esperava por esses chamados, e atendia a todos com prazer:

– Eu posso senti-lo. Eu sinto o seu sabor!

Adoro histórias que dão medo, principalmente as escritas. Ler uma narrativa de terror ou de suspense é um convite para imaginar, ouvir, sentir o perigo próximo... e isso me encanta. Assistir a um filme do gênero também é algo que não dispenso, mas não há nada como ler e enfrentar sozinha os monstros imaginados.

Sempre gostei de escrever e de desenhar, contar histórias sobre tudo o que me vem à cabeça. Já publiquei mais de trinta livros, mas meus primeiros contos de terror nasceram nesta coleção **Hora do Medo**. Foi bom ver meus monstros ganhando vida nessas narrativas, fazendo coisas que nem eu esperava, agindo quase que por conta própria. Agora que estão prontos, espero que meus mortos-vivos tenham levado um pouco de medo até você e despertado a sua imaginação.

Se quiser conhecer mais sobre o que escrevi, visite o meu site: www.shirleysouza.com.br.

© Dani Sandrini

Shirley Souza